只在深夜，心灵才独自苏醒。

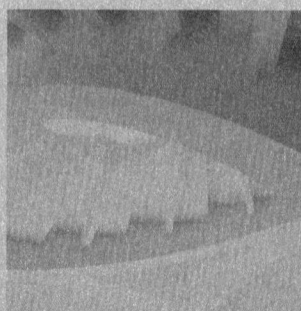

生命中所有的灿烂

都将用寂寞来偿还

徐东 / 著

SPM
南方传媒 | 花城出版社

中国·广州

图书在版编目（CIP）数据

生命中所有的灿烂都将用寂寞来偿还 / 徐东著 .
广州：花城出版社，2024. 6（2025. 8 重印）. -- ISBN 978-7-5749
-0271-8

I. I227

中国国家版本馆 CIP 数据核字第 2024Y5M729 号

生命中所有的灿烂都将用寂寞来偿还

SHENGMING ZHONG SUOYOU DE CANLAN
DOU JIANG YONG JIMO LAI CHANGHUAN

徐东 / 著

出 版 人	张 懿
特约策划	金丽红　黎 波
责任编辑	刘玮婷　欧阳佳子
特约编辑	陈 曦　张晓婷
责任校对	卢凯婷
技术编辑	凌春梅
封面设计	郭 璐
内文制作	张景莹
责任印制	张志杰　王会利
法律顾问	梁 飞
版权代理	何 红
出版发行	花城出版社
经　　销	全国新华书店
印　　刷	天津盛辉印刷有限公司
开　　本	787 毫米 × 1092 毫米　16 开
印　　张	30.5　10 插页
字　　数	240,000 字
版　　次	2024 年 6 月第 1 版　2025 年 8 月第 5 次印刷
定　　价	298.00 元

也是序

文／王潮歌

我家徐老师单眼皮儿，单眼皮儿的人看起来就深邃，深邃的人就容易写诗，写诗的人都比较深邃，深邃的人容易是单眼皮儿，而我家徐老师就是单眼皮儿。

经常的，我正兴致盎然地张牙舞爪呢，被徐老师的单眼皮儿瞅了一会儿，我便好像没了底气。就俗了，就浅了，就没正形了，我就自然收敛了……

徐老师的单眼皮儿对我有如此的震慑力，源于大学时他是我的班主任，我被他那自然下垂的单眼皮儿深深瞪了几次后就自然从了。

往后的几十年，他的单眼皮儿瞪我的次数越来越少，基本上都专注着看女儿呢，但我还是克制不住地在他面前表现得像个女学生，这让我对自己的表现很不满意。

单眼皮的徐老师笔力甚是了得，这一点·会儿您往后翻看他的诗就自然明了，我想说的是单眼皮儿的徐老师脚力也甚是了得。他的脚绝对不是单眼皮儿的。他走世界的方式绝对不是什么新马泰欧洲八国这种。

比如他驾车，从非洲北端的卡萨布兰卡，走西撒哈拉，经毛里塔尼亚，穿撒哈拉沙漠，到达塞内加尔……听明白了吗您？穿越撒哈拉！

比如他驾狗拉雪橇，从阿拉斯加的安克雷奇，走1600公里的艾迪塔罗德比赛线路，到达终点站诺姆。据照片记载，他和他的狗冲到终点的时候，他兴奋得忘了形，把羽绒服给脱了，光了个大膀子，一边挥衣服一边大叫着冲过去的。给一旁的外国人都看傻了，哪来的中国大彪子？！这可是零下30多度啊！

比如他徒步转冈仁波齐山，外圈转过三回，还转了内圈。

比如他和什么什么科考队，进过可可西里无人区，和野狼对视；进过阿尔金无人区，在羊粪球上搭帐篷；还穿过羌塘无人区，把坏车扔在半道上；穿过罗布泊无人区，靠月光指路照亮……

比如他带着13岁的女儿，从阿根廷最南端的乌斯怀亚上船，渡过西风带，去了南极。

比如他带着14岁的女儿，从俄罗斯最北端的摩尔曼斯克上了核动力破冰船，到达北极点。

比如他带着15岁的女儿，在亚马逊的丛林河道里抓鳄鱼、钓食人鱼、抱大蟒蛇。

还比如伊朗，比如伊拉克，比如在我写下这段文字的时候，他人正在叙利亚。

这些个"比如"加在一起，徐老师自然是既深邃又单眼皮的。你想想他单眼皮的样子，能跟你这儿叽叽歪歪嘻嘻哈哈吗？！

这下明白了吧，他真的是个狠角儿。

再比如，在北京广播学院当了十年老师之后的一天，他突然说"我想离开学校"，然后就到中国教育电视台当频道总监去了。

再再比如，他40岁那年，突然说"我要辞职"，然后就自己开了个数字电视频道。

再再再比如在某一天，他说"我要开个画廊"，"我要开个餐厅"……

他决定这些事儿就是决定，不会跟我商量，只是通告一声。我连说个"那什么……"起头的对话的机会都没有，就像他出去远行，就像他开始写诗。

多年以后有人曾问他，在电视台当得好好的头儿，为什么辞去公职呢？他的理由居然是小辫儿，可在电视台里只能是分头或平头……啊？为个发型辞公职？别人也可能暗猜这只是借口，而我却知道那简直就是最真实的理由。

不信您看现在他还扎着小辫儿。

哦，对了，忘了说了，我是管不了他的，他也不让我管。但是这世上总是一物降一物，有一个人是他的上帝，是他的耶稣，是他的安拉，是他的佛祖，是他的法律，是他的信仰，是他的一日三餐，是他的春夏秋冬，是他的喜怒哀乐，是他的千山万水，是他的前世今生……这个人名叫东歌自在，是我跟他唯一的女儿。跟她爹徐老师简直是活脱儿。

我家的小徐老师在大徐老师面前说话是有分量的，虽然音调不高，平缓柔和，可架不住一言九鼎啊。小徐老师说，爸爸你要打一个耳洞。于是，现在徐老师一直戴耳环。

那，简直了。

徐老师的诗集结成册这事儿是我软磨硬泡，威逼利诱，搔首弄姿，好话说尽，坏话也说尽，呼天抢地，买老鼠药，找上吊绳，绝食不吃饭，霸王硬上弓等手段都用了一遍以后，他才同意的。有幸拿到这本诗集的人，麻烦您一定念我个好，我多不容易啊我。

此刻就是此刻，我家单眼皮儿的徐老师正在我右侧喝着咖啡，我想跟他交流一下，我这么写个序行不行好不好？还有什么方向要调整不？他瞥了我一眼，满脸不耐烦地说，随你便，我没想法。

我又胆怯了，我又女学生了，在他深邃的单眼皮之下，我又浅白了。

突然，他猛地站起来，快步出房间，背影甩出一句话："好像小孩起床了……"留下我一人，在餐桌旁凌乱。

列位看官，麻烦您，我打听个事儿，您是单眼皮还是双眼皮呢？

还是序

文／东歌自在

我的父亲是一首诗。

东歌自在

目录 CONTENTS

诗

集

目录 CONTENTS

诗

集

目录　CONTENTS

诗

集

目 录 CONTENTS

诗

集

诗 集 A

COLLECTION OF POEMS A

A01. 痕迹

阳光的痕迹
是褪色
岁月的痕迹
是沟壑
成熟的痕迹
是宽容
快乐的痕迹
是漫长的回忆

花香的痕迹
是陶醉
感动的痕迹
是钦佩
爱过的痕迹
是懊悔
经历的痕迹
是变得无畏

没有什么是不可以度过的
就像空气
无论怎样拉扯
它依然包裹着你
相依相随

没有什么是可以轻易被摧毁的

就像时间

无论怎样失去

它依然等待着你

坚韧向前

空气和时间是终极的安慰

就像一条路

一部车

和一首循环播放的歌曲

就像一段时间

一顿好饭

和一次陶醉的——深吸

2020 年 11 月 22 日

A02. 擦去

任肮脏的脚踏上你的胸膛
任低贱的脸遮挡你的目光
任贫穷的蔑视卸下你的傲慢
任勤奋的印度带给你迷茫

几百年王朝零七八碎
换来你孤独地站在路旁
你的名字是路标是街巷
只是无人再理会你贵族的模样

学会和历史相处
和辉煌相处也和屈辱相处
和真实相处也和戏说相处
和天意相处也和遗憾相处
和英雄相处也和蝼蚁相处

2018 年 12 月 28 日

这就是我喜欢的印度。

A03. 梦的知醒

梦是一座城池
宽阔的街道无人熙攘

梦是一段心径
渴望和失望的交织

梦是一次对话
是与非间的讨价商量

梦是一种色彩
洒满了单色的阳光

我是梦惊起的风
划过黑色的河流，白色的山岗

我是梦的湿润
柔了心的躁动，温了心的静朗

我是梦的堆积
青松拔地，生命四季

我是梦
走过了才发现，我本善良
回头望才知道，我也伟大

2018 年 12 月 06 日

A04. 最后的……

明知注定坠落
依然笑容
疏朗
是你最后的身姿

明知注定枯萎
依然文静
优雅
是你最后的承诺

明知注定遗忘
依然讲究
细腻
是你最后的修养

明知注定背叛

依然真诚

坦率

是你最后的善良

2020 年 10 月 20 日

一片落叶缓慢地坠落，让人感叹，自愧不如。

A05. 一千年的再见

我用目光攀爬每一个文字
像是寻找那些曾经的字谜
一千年的字迹清淡
述说，不曾有过任何的厌倦

我用额头触及每一粒尘埃
像是触摸那些曾经的情怀
一千年的尘埃掩没
感悟，不曾有过任何的衰败

我用鼻子吮吸每一缕光线
像是吸进那些曾经的温暖
一千年的光线掠过
虔诚，不曾有过任何的更改

我用默想回忆每一个心念
像是阅读那些曾经的缠绵
一千年的心念沉淀
时间，不曾有过任何的边缘

2018 年 09 月 25 日

A06. 赞美词

是天空里的浪花
是浪花里的彩霞
是彩霞瞬间的凝固
是凝固的思想在空中的绽放

2018 年 07 月 07 日

　　马来西亚,《又见马六甲》剧场外观,首演那天,自我陶醉一下。

A07. 家具

家具
身体疲劳时的一个支点
它抢先躺在柔和的窝里
舒服地，等着你

家具
视线坠落时的一个支点
它在你无果的游荡里
温情地，拉着你

家具
审美干渴时的一个支点
它木讷的肢体里有火
在心底，点燃你

家具
也是每一个平凡日子的支点
它平静地讲述着时间易逝
印证生命，那些哲学般的存在

收存一件家具

是你想好了要陪伴它？

还是让它陪伴你？

还是，你们共同，去击败岁月？

2020 年 10 月 04 日

花了许多时间，寻找心仪的家具，到后来才明白，其实是在寻找一种与审美相关的心境，已经远远超出了实用性。

A08. 走在北京的胡同里

北京孩子走在胡同里
目光就黏稠了
灰砖，素瓦，门楼
烟囱，矮窗，巷口
一一罗列的亲近

北京孩子走在胡同里
鼻子就活跃了
谁家的炸酱糊了
公厕的味道顶着了
浅浅溢出的熟悉

北京孩子走在胡同里
耳朵就特别尖利
邻里的京腔走板了
头上的鸽哨远离了
丝丝透着清晰

北京孩子走在胡同里
心就软得没有了脾气
过往的车让个不停
谁家的大妈大爷
都想问候两句

北京的胡同
人性的苏醒
曾经的不经意
晒成了斑印
曾经的厌恶
磨成了亲昵

走在北京的胡同里
所有的场景变得虚拟
新近粉刷的颜色
包容着褪了色的亲近
思绪里许多过往的也许
凝固成眼前的回忆

走在北京的胡同里
感受胡同是一张网
任你走遍天涯
心却留在网底
永远
无法逃离

2021 年 02 月 18 日

A09. 人生不是概念

迎面有人走来
细腿长腰

迎面走来的人
灰的棉服
衣角上翘

迎面来的人
背包微沉
脸冻得通红
歪斜着嘴角

迎面的人
目光犹豫
皱纹写满了疲劳
划过的风
夹杂着酸菜的味道

我和他擦肩
错过便是永远

走到我身后的人
衣领冒着热气
蒸发着求生的欲望
脚步踏出迷茫
踢碎生活

走过去的人
应该是一次匆忙的赶场
为了一个活计
几许收益

身后，那个走远的人
似乎停下了脚步顿了顿
咳嗽穿透空气

人生不是概念
人生，是每一分每一秒
每一分钱的
细节

2021 年 01 月 19 日

A10. 错过的我们

我们不乏审美
我们的灵魂依然干渴

我们不乏财富
我们的身体无处安放

我们不乏朋友
我们的心声无处袒露

我们不乏时间
我们的未来无处找寻

我们是错过了时代的人
我们是华丽的孤儿

我们是错过了贫瘠的人
我们不知道点滴的珍贵

我们也是错过了苦难的人
我们找不到度过的乐趣

我们是错过了挣扎的人
所以我们一生，注定平庸

2021 年 02 月 02 日

A11. 谁可以恣意

杂草可以
树木可以
山峦不可以
河水不可以

光线可以
云彩可以
思想不可以
权力不可以

是的
天才可以
傻子可以
心灵不可以
我也不可以

2021 年 10 月 06 日

被景迈山的古茶树惊到了，它们太恣意了。

A12. 信仰的理由

选择一块崖壁
静静地雕刻心情
无限的喜悦
只说给佛听

木阶的攀升
目光舒曼
远山葱郁
起伏的生命的浓淡

一座小山
像麦垛一样积蓄着信仰
我没有想到
如此的精巧
也如此的愉悦

信仰是一种理由

是宽慰的理由
也是隐忍的理由
是随和的理由
也是固执的理由
是坚毅的理由
也是柔软的理由
是快乐的理由
也是偷生的理由

是选择的理由

也是放弃的理由

是前行的理由

也是歇息的理由

是善良的理由

也是暴力的理由

是我的理由

也是，你的理由

2021 年 07 月 24 日

甘肃，天水，麦积山石窟。

A13. 哪怕，飞翔是一种流浪

空空的目光
无处存放
空空的心灵
貌似安详
空空的双手
托不起理想
空空的时间
似水流淌

迈出房间
踏在坚硬的地上
吸一口寒风
心底冰凉
我攥紧拳头
举目张望
天空
万里无疆

我要飞起来

不管是否拥有一双翅膀

我要飞起来

掠过无名的山乡

我要飞起来

去浏览别人的人生

我要飞起来

哪怕，飞翔是一种流浪

2021 年 01 月 13 日

A14. 老同学

热情的手
难掩无力的松弛
臂膀间的激动
已是岁月相拥
三十三年我们在各自的光阴里穿梭
前进，只是漂泊

终于等到了皱纹，白发
和不再匆忙
终于坐在一起微笑
用回忆拼凑出谜底般的过往
一切曾经的爱恋
都是随风随性的浅尝
你留不住我
我留不住你
回程，方知路本不长

年轻的时候常问路在何方
低头回看
天命就在各自脚旁
所有的"因"都是自己
"果"，竟然迷失在我们曾经的轻狂

请把那个年轻的我带走
地不老，宇宙依然洪荒

请把那个灿烂的我带走
让世界，忘记我的模样
请把那个忧伤的我带走
行走，只能依靠坚强
请把那个奋力的我带走
看淡了，活着多了份安详

看着桌子对面的你
胖了，瘦了，笑声依然琅琅
你的美丽还在努力地寻求绽放
眼睛里的泪光是我曾经的想象

后来，后来
我们在各自的光阴里穿梭
后来，后来
我们叙说了各自的辉煌
后来，后来
我们谈了孩子，谈了养生，还谈了通胀
后来……后来？
我们竟然忘了，应该再谈谈理想

哦，还有理想？

2018 年 11 月 21 日

A15. 我的佛

你就这样站在天界的边缘
我的佛
你就这样俯瞰众生的匍匐
我的佛
你就这样被尘世信仰着
我的佛
你就这样高傲着孤单着
我的佛

你就这样坚毅地沉默着
我的佛
你就这样固执地淡然着
我的佛
你就这样目光悲悯着
我的佛
你就这样微笑着释然着
我的佛

你的面庞模糊了
我的佛
你的言语凝固了
我的佛
你的威严凌乱了
我的佛
你的痛苦无人深谙
我的佛

熄灭了的油灯还能再亮吗?

我的佛

远去了的光阴还能归来吗?

我的佛

爱过的人来生还能再爱一次吗?

我的佛

如果一切都是肯定的，那么我来了

我的佛

2021 年 05 月 11 日

　　四川资阳市，茗山寺石窟。透过完全被封死的栅栏，我艰难地看到了我的佛。它挣扎着站立着，不被时间摧垮；我挣扎着敬仰着，不被疑惑压塌。

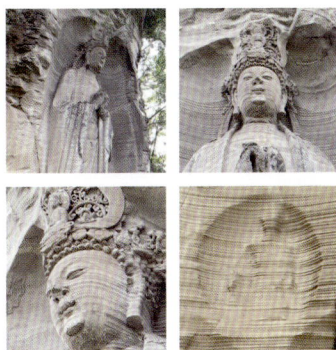

A16. 放了过往

时间悠悠
无法留住每一处蓝天
岁月匆忙
轻易丢下一个个过往

是谁
安慰那个走向年老的自己
跟着我吧
那些曾经属于我的从前

埋在心底的月光
分外的清亮
不必在意我的泪流满面
梦醒时，天高云淡

昂头
迎风
放手
了了无奈

2019 年 05 月 28 日

A17. 生死场

知欢喜
知进退
知生息
知得失

知过程
知恩泽
知领悟
知沉默

那就
让我们打开灵魂
让阳光射透
心境
在愉悦里沉浸

那就
让我们睁开眼眸
装进远方的生趣
鼻息
撕碎了寂静

那就
让我们打开思绪
让话语流淌
风吹草低
现出善良

那就
让我打开手
握紧你的手
捏碎了
彼此带壳的缘分

生死有时
生死有场
生死有仪式
生死有庄严

你看
生死有如一望无际的草原
扬起的是花香
倒伏的是鞠躬的敬仰

你看
生死有如一道光亮
曾经晒暖了后背
曾经焦灼了心房

你看
生死有如一阵开怀的狂笑
吵醒了愚昧
惊诧了智慧

你看
我是这样地喜欢谈论生死
有如在悬崖上看风景
有如在剧场看幻影
有如谈论一件身外的事情
也有如看一个即将醒来的梦境

2020 年 12 月 29 日

　　在北京朝阳区的一个黄昏，随着阳光的远去，眼前的景物暗淡了，心就突然明亮了，仿佛一切疑问都解开了，文字也随思想一起流出来了。

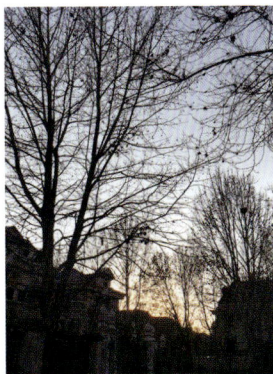

A18. 这样的黄昏

下班了
脚步匆忙
鞋尖朝着不同的方向
向东向南向西向北

车来了
陌生的心灵硬是挤贴在一起
你想的是实惠的火锅
我想的是春天的软床

灯亮了
每一个灯下都是一户人家
有的存放了温暖
有的碎语开场

夜深了
人生只因困倦而停歇
对你，入睡是一天辛劳后的松弛
对我，安眠是度过了一天的奖赏

噢
黄昏
这个黄昏
这个都市的复杂的，黄昏

2020 年 09 月 06 日

A19. 一切都需要一个理由

找不到沉思的理由
就找不到迷惘
找不到坠落的理由
就找不到轻狂
找不到欣喜的理由
就找不到惶恐
找不到孤独的理由
就找不到坚强

找不到爱慕的理由
就找不到胆怯
找不到患难的理由
就找不到相伴
找不到动情的理由
就找不到妥协
找不到坦率的理由
就找不到自由

找不到心酸的理由
就找不到记忆
找不到期待的理由
就找不到梦境
找不到思念的理由
就找不到缠绵

找不到出发的理由
就找不到告别

找不到长大的理由
就找不到失望
找不到痛苦的理由
就找不到歌唱
找不到失败的理由
就找不到勇敢
找不到骄傲的理由
就找不到疯狂

找不到冲动的理由
就找不到淡忘
找不到老去的理由
就找不到害怕
找不到倔强的理由
就找不到放手
找不到珍惜的理由
就找不到远走

找不到逝去的理由
就找不到盛开
找不到麻木的理由

就找不到心安

找不到微笑的理由

就找不到阳光

找不到宽容的理由

就找不到回头

2019 年 03 月 03 日

　　带着嘈杂去拉萨，学会放下；带着疑惑去拉萨，学会思考；带着自己去拉萨，学会隐忍；带着女儿去拉萨，学会领悟。因为天高而尘世遥远，因为地阔而意念广博。

A20. 无法坚守

我曾坚守每一个日子
季节和黎明
和每一次的来生

我把它们都守住了
却
丢失了自己

我是曾经凛冽的风
停息时
只是柔软的空气

我是曾经自信的光
熄灭时
也是如漆的恐惧

我是曾经挺拔的劲草
深秋时
只是他人眼中的枯黄

我是曾经的你
再转眼
你也是我的曾经

人生无法坚守
只能不断转移

2020 年 09 月 28 日

　　是一个无奈的日子和时刻，这样的时
刻很多，心灵的败退。

A21. 不快乐

春天了
我们并不快乐

夏天了
我们并不快乐

秋天了
我们并不快乐

冬天了
我们还是不快乐

下雨了
我们并不快乐

天晴了
我们并不快乐

下雪了
我们并不快乐

当世界改变
狂风起舞
我们就快乐吗?

2020 年 10 月 08 日

A22. 北庭

把干热的风，写在土堆上
把落地的钟声写在土堆上
把远去的荣耀写在土堆上
把淡定的笑容写在土堆上
然而
又能怎样呢?
你，终是孤独
我，捡拾感慨

把素颜的时间写在土堆上
把飘零的信仰写在土堆上
把背叛的脚印写在土堆上
把坍塌的未来写在土堆上
然而
又怎样呢?
你，终是寂寞
我，抚摸你的平静

2021 年 06 月 29 日

A23. 穿过空行母密道

感恩大山
证我人之渺小

感恩落石
证我生之脆弱

感恩缺氧
证我命有极限

感恩陡峭
证我有些地方必不可攀

在最辽阔的地方
我感到了恐惧

在最优美的地方
我感到了无趣

站在顶点
我看到了勇敢的滑稽

只在下山的途中
我感到了温暖，在向我靠近

走空行母密道

实得心证身证

心证：世乃虚空

身证：然，虚空仍要前行

2017 年 09 月 06 日

　　对于转冈仁波齐的人来说，穿越空行母密道，是完成13个外圈之后的必然诱惑。踏上这个行程，本身就体现出人性的弱点，是好奇心的膨胀？是占有欲的滋长？抑或是勇气的泛滥？感恩索巴、扎西罗桑、益西多杰三位向导，一路与我诵经相伴……

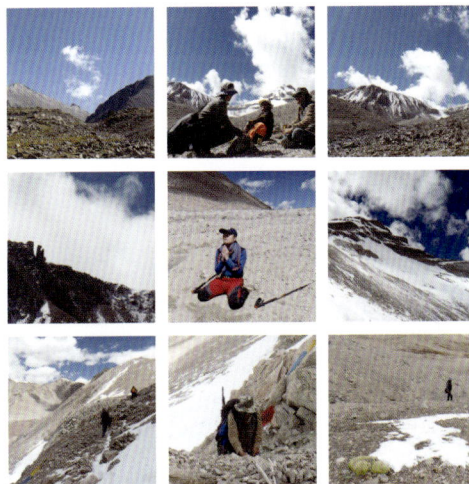

A24. 制造兴趣

不喜欢蓝山，它太艳丽，也太矫情
只在第一口和第二口感受到它的倾城
然后就是对艳丽的麻木
和对浓情的索然

这款巴布亚新几内亚的洛卡
未知的土地
和陌生到随时可以忽略的口感
勾起我对这个世界淡却了的兴趣

时间本不存在
不过是我们计算衰老的度量
空间本不存在
不过是我们存放脚印的空场
爱情本不存在
不过是我们荷尔蒙旺盛时的幻象
兴趣也不曾存在
那是我们为生命找到的迷障

没有冲动就没有兴趣
没有期待就没有惊喜
没有陌生就没有熟悉
没有忽略就没有牢记

问明天的清晨

我会在哪里？

会在忙碌的航站楼里

抑或在拥挤的机舱里

会在短暂的睡眠里

抑或在清醒的惶恐里

会在天空的黑暗里

抑或在云端的霞光里

我不知道

2018 年 05 月 08 日

A25. 小感受

每天的此时
都是最孤独的
泪水充盈的时分

静静地和喜爱的咖啡在一起
只在唇间交融
吝啬言语

思绪最适合在苦涩中蔓延
人生的美究竟是在忙碌中奔走
抑或是在闲暇中眺望

我不说，你也知道

2018 年 05 月 25 日

A26. 注意保密

不要告诉别人

我已薄暮出去

不要告诉别人

我已破晓归来

不要告诉别人

我已倦于仰望

不要告诉别人

我已悄然释怀

2019 年 06 月 26 日

　　偶然打死一只苍蝇，在画报上摆出各式有趣的情形，脑中突然冒出些词句。

A27. 和自己的岁月合影

你岁月的皱纹
竟如此坦然
而我
难掩些许慌张

你岁月的笑容
竟如此心安
而我
总有隐忧和缺憾

放下和执拗
知足和贪恋
无问对错
分清了你我

你羡慕我的丰富
我羡慕你的温婉
知足的命，富贵
忙碌的命，操劳

2020 年 09 月 19 日

　　昨天，和延安剪纸艺人高志琴老人一起合影。她生于 1963 年，我不敢说，我也是 1963 年生。

A28. 边城

城因水而灵
水因桥而近
石板路因为脚印
而有生气

这个
都市和山野的边缘
忙碌疑惑了
悠闲苏醒了

这个
麻木和欢乐的边缘
理性尴尬了
笑容放松了

这个
尘世和心灵的边缘
警觉模糊了
距离消散了

这个
审视和矜持的我
视觉融化了
意识飘散了

就在此
短暂地涅槃吧
让神识远去
欲念飘来

2020 年 12 月 16 日

　　"福"南，凤凰，一个欢乐无比的嘉年华
式的小城。简单的快乐有时更容易让人沉醉。

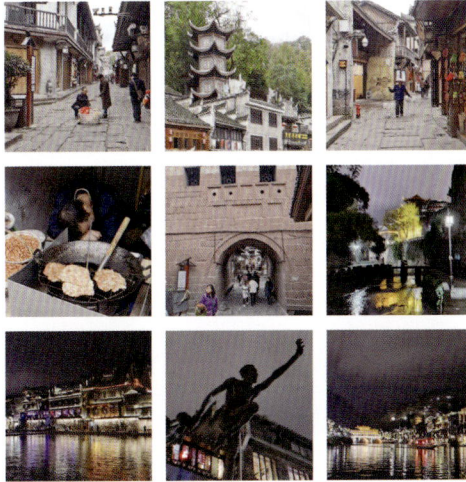

A29. 碎片翻飞

等待阳光划过
等待树影婆娑
等待流云飞掠
等待时间穿梭

等待遥远的问候
等待心灵的触摸
等待深夜的凝视
等待安心的牵手

你和我都一样
都是飞扬的碎片

一片是欢笑，一片是哭泣
一片是厌倦，一片是亲昵
一片是柔软，一片是坚毅
一片用于记忆，一片用于忘却

你和我都一样
都是散落的岁月

一片前行，一片伫立
一片思索，一片游戏
一片深爱，一片嫌弃
一片最终睡去，一片在现实呼吸

你和我都一样
都是最零乱的人间

一片是诋毁，一片是讴歌
一片是拆除，一片是建立
一片是腐朽，一片是初生
一片依稀呐喊，一片高声奉迎

你和我都一样
都是破碎的天堂

一片标榜正义，一片违心止语
一片充满同情，一片容忍暴虐
一片漠视如冰，一片温情似雨
一片承诺拯救，一片看你沉溺

你和我都一样
和时间一样
和人间一样
碎片翻飞
都从善良的上空
掠过

2019 年 07 月 19 日

A30. 心如风景

我的心就是我的风景
喜怒哀乐是我的四季
花开的同时花也落去
飞云戏谑，流光倩影

我的心就是我的风景
敏感是我的艳丽彩屏
夏天，也会雪花飘舞
没有风，心也会沉静

我的心就是我的风景
画里没有画外的清净
举一杯美酒隔灯望去
醉了醉了，我心自明

我的心就是我的风景
目光已经看淡了温情
欲海红尘，难免不舍
我小心地迈过自己的长河

2021 年 01 月 06 日

A31. 篝火映亮各自的目光

青春的落叶还在天空飘扬
时光的美酒，只剩下杯底的感伤
我们想起往昔的惆怅
那些熟悉的和无色的残阳

年轻总是包裹着荒唐
回想起来，都是简单的欢畅
我们隔着篝火，相互赠送目光
完全没有意识到，燃烧将是一片火的海洋

回忆，是夜晚最美的光亮
心灵，理想，还有情绪激荡
酒尽时，朋友们浅浅地说着再见
每个人，都冷峻地走向各自的前方

2019 年 06 月 19 日

　　每一次老友的聚会，都是简单欢乐后的感伤，
除非我们不要携带思想。

A32. 无处附着

有人的时候
是城
没人的时候
是遗骸

有人信的时候
是神
没人信的时候
是石头

神像
能保佑人的心灵纯净
人
却不能保佑
神灵平安

所有有形的破坏
旨在摧毁心灵
而所有心灵的沦丧
再无法构建
一个丰碑式的信仰

当山已沦为大漠

历史裂成沟壑

我的一双眼

飘移着

飘移着

无处附着

2021 年 07 月 02 日

　　新疆，高昌古城，信仰的残骸。走在其中，既赞叹信仰的力量，又质疑信仰的力量。信仰能够建立，却不能坚守；信仰能够毁灭，却不能宽容。

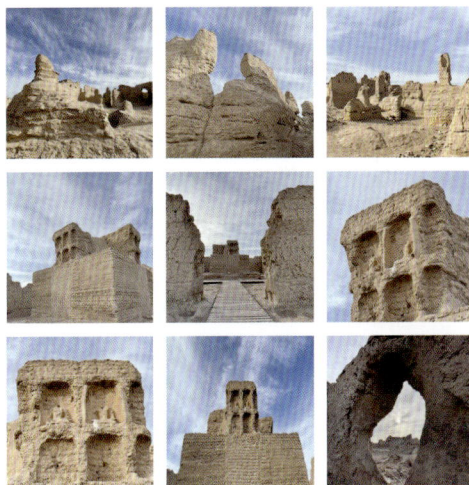

A33. 致东歌

喜欢送女儿上学
就像表现一种男人的能耐
人会老，树也会衰败
要在她心中留住我壮年时的豪迈

喜欢坐在车里等女儿
就像等待一次花的盛开
静静地用时间浇灌
蜜的花香，飘去飘来

喜欢去学校接女儿
就像迎接一次完美的依赖
也会貌不经意地问她需要什么
也会悄悄地揣测她对人生的感慨

生命的剧本写得好深刻
幸福总是用离别来间隔
我的角色早已确定
不过是你的世界里
最深情的过客

当你奔跑起来，我便离开

我的公主啊，请记得

总有一簇透心的笑

悄藏在路边

你熟悉的孤独的车里

2018 年 10 月 27 日

　　每天开车，都会拍一张这样的合影。这样默默记录的意义，请相信，时间会告诉你。

A34. 没有什么不可能

天空之下
没有什么是伟岸

时间之中
没有什么是重复

决心之下
没有什么是遥远

目光之中
没有什么不能触及

2020 年 09 月 03 日

A35. 来不及懊悔的自省

灯红酒绿，你是这个世界最后的平等的温柔
欲水长泣，你是良心尚在憧憬失落后的隐痛
行路婉转，你是可见的永远到达不了的驿站
人生苦短，你是摔得鼻青脸肿彻悟后的哀叹

给你个理由如履薄冰
因为脚步可以缓行但时间无可退回
给你个理由战战兢兢
因为雕刻的人生无从涂改

很难说父母是不是榜样
很难说夫妻是不是同谋
很难说朋友是不是同类
但子女肯定是自己的镜子

一块由骨血打磨出的镜子
十年的养育观望
十年的深刻琢磨
成形的时候
能够照射出自己陌生的模样
你的自省还来得及懊悔吗？

2020 年 12 月 24 日

A36. 新春的祈祷

今年真的需要祈祷

许多心慌意乱的时候
许多路途迷茫的时候
许多自己拴不住自己的时候
许多春风难敌寒意的时候

我们需要祈祷

许多生命的每一天都向深渊滑落的时候
许多你和我不张望就会淡忘的时候
许多车轮无耻地碾压善意的时候
以及那个年轻的自己仍在远处徘徊的时候

可是
我们能祈祷什么呢

祈祷被好运砸了个满头大包
祈祷依然财源滚滚腮肥肚满
祈祷天天进步前呼后拥
祈祷健康长寿老到无聊

今年
我们还能祈祷什么

祈祷令人绝望的疫情无声离去
春天来时街头重新布满了人潮
祈祷世界对我们能够继续公平
迎面而来的面孔充满善意和笑容

祈祷刚赚到的钱千万不要失去
祈祷日渐消失的雄心重振再来
祈祷我们可以自由地深情呼吸
祈祷父辈的噩梦已成过往烟云

对于我们自己

我们祈祷开悟
我们祈祷止步
我们祈祷平和地接受
我们，也祈祷欢乐知足

2021 年 02 月 15 日

A37. 旧村老巷

岁月过往
是我们曾经的挣扎
笑容凝固
是欲望在贫瘠中滋长
所有的日子都浸泡泪水
所有的记忆都是倔强
你能听见隔壁的撕扯
和那场绝望的哭喊

人世就是一个梦幻剧场
做梦的地方
也是青春褪色
和破碎的地方
所有的激情终将被嘲笑
承诺也只是被用来验证淡忘
你的微笑还挂在脸上
只是清纯，已生锈，已飘散

2019 年 08 月 26 日

《只有峨眉山》梦幻剧场，一半的演出在剧场里，另一半的演出在一个小村实景展开。

A38. 顺而轮回

时间，不以早晚论长短
河水，不以清浊论归途
生命，不以福寿论来去
灵魂，不以贵贱论涅槃

此刻，我站在河的对岸
看尽人生
烈焰，正轻松地了却了一桩轮回
顺河解脱

2018 年 06 月 23 日

　　帕斯帕提纳神庙，尼泊尔最高等级的神庙，只有印度教徒可以进入。门前的巴格玛蒂河，是恒河源头。据说河水可以洗净一生罪孽，也助灵魂升入天堂。

A39. 令人愤怒

踩着冬天的阳光
踩着腐败的金黄
踩着残叶的枯影
踩着贴地的寒凉

风
新生的味道
把一条街巷的破绽
扮成怀旧的景象

厌恶自己呼出的每一口气
如同腐烂的思想
以为涂在墙上
就是辉煌

街区
早已划分好了成败
一半在颓败中翻新时代
一半在崭新的门楣下，颓败

我们每刻都走在历史上面
一脚过去一脚未来
我看透了辩证的把戏
会愤怒，也会感慨

2019 年 12 月 20 日

A40. 天门

你，带着人间的喘息
踏上九百九十九步的
人间的梯

雾，从你的头顶
一步步
飘移到脚底

你，从平地
一步步
登上了天际

白雾
灰云
雪树

微雨
劲风
冰柱

世界，顿时被抽象了
就像
灵魂被抽象成哲学
思考被抽象成沉静
感慨被抽象成叹息
领悟被抽象成穿透了自我的晶莹

世界，也被剥离了
只剩下原则
就像
天空被剥离得只剩下晴朗
白云被剥离得只剩下舒张
山峦被剥离得只剩下耸立
河流被剥离得只剩下流淌

天门，被残酷地凝固了
变得没有了温度
就像此刻
你忍受着寒楚
你走在无明的幽途
你试图欣喜和试图感动
可是你举相机的手
冻僵了，竟也无助

2020 年 11 月 25 日

A41. 深夜清醒

夜深了
没有了犬的狂吠
月在远方
也就没了梦的翻飞

风停了
没有了树影的凄美
心在他乡
也就没了尽兴的沉醉

安静了
可以去叹花的枯萎
动情了
也会有伤心的眼泪

走急了
来不及思考来不及追悔
人累了
早已没了年轻时的无畏

参透了
平凡的日子非欢即悲
意在前方
你的人生，不进则退

2019 年 03 月 24 日

A42. 远方凌乱

所有的脚步都凌乱了
沙滩上遗落了细碎的匆忙
夕阳在远方沉落
留下满眼的金黄

所有的心都凌乱了
沙滩上陈列着深情的眺望
远方是沉落的夕阳
和对时间最无力的抵抗

所有的人都凌乱了
沙滩上满是无助的目光
沉落是夕阳陪伴的远方
海浪正悄悄地淹没思想

2021 年 12 月 03 日

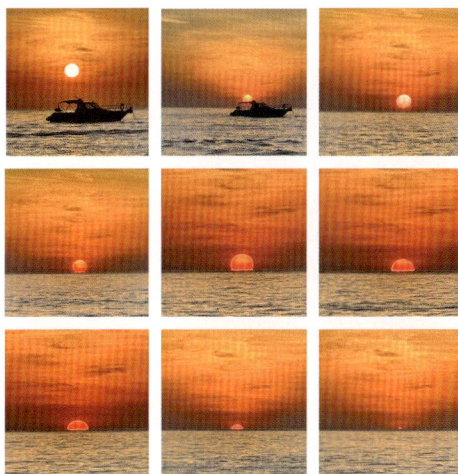

A43. 崆峒山

我从外面往里看
仙雾弥漫
你从里面往外看
飘满尘埃

我来这里
想卸下追逐的浮躁
你坐在这里
静静地等待着余生

青山叠嶂
岁月红尘
怎是一个了了
就可以了了

2020 年 09 月 24 日

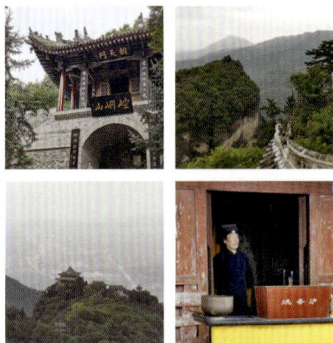

A44. 咖啡透彻

看到的和看不到的都是一种存在
幸福的和不幸福的都是一种生活
走过的和走不过的都是一种度过
听到的和没听到的都是一种妄想

我渴望自由
但我深知，自由是对自由最大的伤害
我渴望公平
但我深知，公平只是认命甘心

我渴望富裕
但我知道，富裕是一种掠夺
我渴望安宁
但我知道，身处安宁意味着 Game Over

咖啡增加了时间的甘醇
却也遮盖了生命流逝的残忍
我坐在星巴克，这个空想的坟茔上
任时间埋没……

2019 年 05 月 28 日

A45. 就像……

就像……
是天空的不一定是黎明
是大地的不一定都辽阔
是生命的不一定是葱郁
是开始的不一定有结局

就像……
是真实的不一定是清醒
是珍贵的不一定要秘藏
是尊敬的不一定都佩服
是誓言的不一定能做到

就像……
是精华的不一定是真谛
是好人的不一定成英雄
有才华的不一定都聪明
是幸福的不一定会轻松

2021 年 01 月 04 日

A46. 人生的味道

嘈杂的咖啡厅里
都是咖啡的味道
我点一款熟悉的豆子
看它英勇地破碎
看它被温暖浸渍
看它一滴滴地滑落
看它入口
绽放出欣然

嘈杂的咖啡厅里
都是年轻的味道
我坐在一个熟悉的角落
看他们困倦
看他们匆忙
看他们因为一杯饮料而喜悦
看他们把视线
投向无助的远方

嘈杂的咖啡厅里
都是人生的味道
我看着这一切熟悉的过程
带着期望的选择
带着审慎的付出
带着焦灼的等待
和带着一腔苦涩的
离场

2021 年 04 月 21 日

星巴克，当代茶馆。悲剧喜剧，无情上演。

A47. 一九二〇年的正山小种

是谁的手揉捻了这片叶芽
他（她）是兰花素裹
还是布衣长衫
他（她）是画眉纤手
还是青筋浊汗
他（她）的午餐是高粱红薯
还是糙米稀饭

他（她）是否把幻想揉进了百年后的一个午后
阳光生锈
几个褶皱的青年
正端详着一搓陈叶

湖水烧开了
是水滴和枯叶的炙热相见
老叶落泪了
说这一百年它等得孤独
等得苦、累、干、险

白烟飘出来了

释放了一声哀叹

灵魂沉入了杯底

时间被染得娇艳

京郊湖面

春意悠悠

一股茶气

邈了人生

2021 年 03 月 07 日

A48. 和尚

只是职业不同
你我本无差异
你追求心灵洁净
于是你伸手乞讨
我追求创造价值
于是我尽心竭力

在生命的归途上
我们同行
你，等待落日的降临
我，奋力地走向落日

2018 年 07 月 23 日

尼泊尔加德满都，一群宁静的和尚，他们在记着什么，看着什么，想着什么和等着什么。

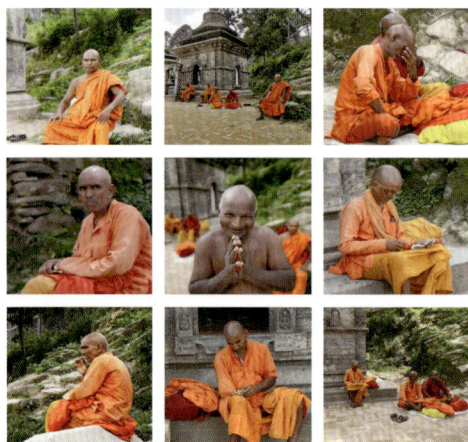

A49. 世界的缘由

走过那些寂寞的路
大地因此拥有了曾经寂寞的我

蹚过那些清澈的河
河流因此浸湿了曾经清澈的我

沐过那些温热的阳光
阳光因此晒暖了曾经温热的我

因为我眯起了眼
阳光才显得耀眼

因为我站在水中
河水才涓涓流淌

因为我不知疲倦地行走
道路才通向远方

是因为我是如此的好奇
世界才如此玄妙

2021 年 01 月 20 日

A50. 朴素的日子

看曾经的花开
看眼前的年迈

看曾经的憧憬
也看眼前的无奈

日子
是一分一秒

期待
是一葱一蒜

2018 年 11 月 10 日

　　最喜欢看农贸市场，那些朴素的愿望，是
如此新鲜。

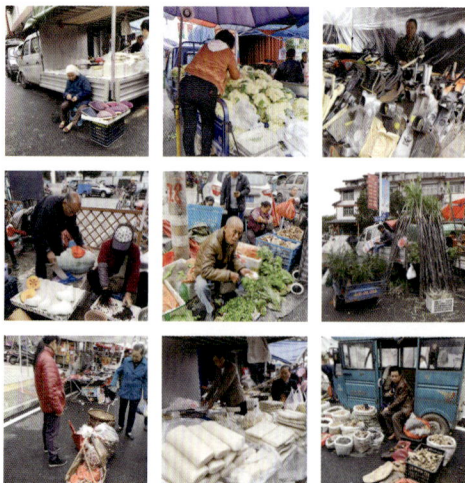

A51. 早上八九点钟

咖啡香了
又凉了
我的视线放在了窗外

阳光亮了
又昏暗了
它的光影躺在了路上

树叶掉光了
树也孤独了
它的嫩绿尚在远方祈祷呢

空气安静了
笑容松弛了
青春已经不重要了

2021 年 02 月 19 日

A52. 致世界

好想谈一次恋爱
让爱把一切遮掩
就像大雪覆盖了苍原
感知的只有洁白

好想做一次远行
让路途把目光带向远方
就像枝蔓伸向天际
答案只属于未来

好想在白天睡去
阳光多么温暖
梦境也很透亮
闭眼只是坦然

好想在微笑中交谈
每一句话都是善良
就像花香和着鸟语
交流着相互的青睐

我是不是可以把所有的人都当作爱人
只展现那些毫不设防的善念
我是不是可以安心、任性和鄙视
不用刻意创造那些昂贵的思想

我要亲手把祭祀的篝火点燃
让火光映红狂躁的呐喊
人们不再需要一个春天
这是个没有了神的狂欢

在需要妥协的时代
恭谦是每个英雄应有的情怀
聚光灯下人情惨淡
灰烬的温暖如此短暂

也许有一天我会站在人间的对岸
看世界扑落，血流成海
所有的伤痛不再唤起关爱
人呐，只能为自己而战

也许有一天我会像神一样怜悯地回看

我会任泪水布满双眼

面对一个无法放弃的世界

你的此生我的此生均无遗憾

2019 年 01 月 23 日

A53. 苦行

刚刚经历了一次痛苦

腹痛
干渴
周身乏力
和绝望时对舒适的向往

刚刚经历了一次行走

忍耐时间消磨
忍耐愚昧瓢泼
忍耐没有灵感的麻木
和从 2018 跌进了 2019

我们都是苦行

在污浊的空气中穿行
在瘦小的街巷里穿行
在无法满足的欲望里穿行
也在得到和失去的爱情中穿行

只有含苦的行走才是最完美的旅行

忍耐中的坚持
苦难中的快乐
妄念中的抗拒
彻悟后的服从

昨天、去年
我们经历了可以放下的苦行
明天、明年
还有许多，我们无法错过

严重的腹泻如约而至
我在我喜欢的印度

2019 年 01 月 01 日

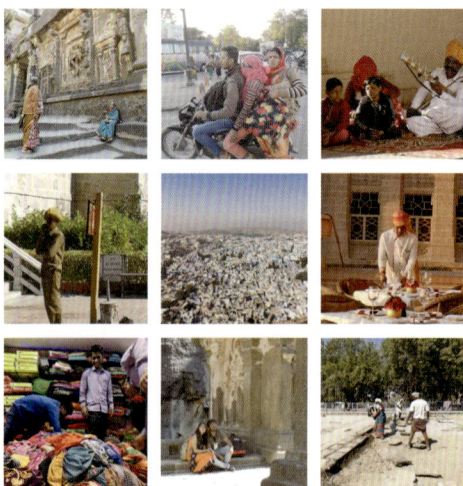

A54. 写在脸上

你站在墙壁之上
忧伤就写在了你的脸上
时间困住了你
你的从前是历史
你的将来是未知

我站在你的眼眸之下
忧伤就写在了我的脸上
你的微笑困住了我
我的从前是无知
我的将来是宿命

我和你一同站在尘世之间
忧伤就写在了我们脸上
我们的善良困住了我们
面对别人是忍让
面对自己是嫌弃

天空中，云是过客
大地上，人是爬虫
信仰前，聪明最糊涂
理性里，无思便无过

2021 年 07 月 06 日

新疆库车，克孜尔石窟。壁画上的人物的忧伤。

A55. 人是行李的仆从

你在我天空的长廊上
演绎你的相遇和前行
你和夕阳同在远方
灿烂如心跳
你在即将到来的暗夜里
也一如盛开的微笑

我们如此匆忙
由着身体
坦率地迷茫
路途是欲望和干柴
燃烧了激情
和最后的仰望

我站在行李和人流中间

心情开朗

人和行李互为仆从

承载了

各自的需要

每一件行李都有最终的去处

而人，没有

2019 年 07 月 02 日

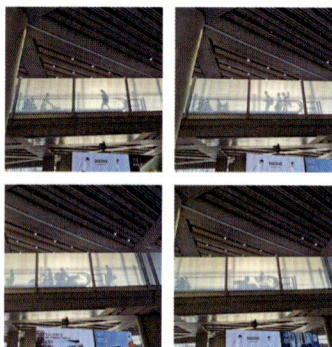

A56. 不必

那天我从天空俯冲下来
信念，是翅膀
心情，是飞翔
寒风浸泡着我的自由

在空气中洒脱
躲不过风雨
当命属于天际
恐惧只是眼前的经过

向光而行
生是彩色的幻境
晚霞灿烂
死是所有归宿的索引

那些经历的经历

是得到亦是失去

不必细数

时间原本只是你心里默想的痕迹

2019 年 03 月 10 日

A57. 大地的自我表达

当大地开始寻求自我表达的时候

我看到了大地的皱纹
也看到了大地的浓妆
我看到了大地的谦逊
也看到了大地的张扬

我看到了大地的坦率
也看到了大地的伪装
我看到了大地的坍塌
也看到了大地的雄壮

我看到了大地的饥饿
也看到了大地的膨胀
我看到了大地的离别
也看到了大地的拥抱

我看到了大地的眼泪
也看到了大地的欢笑
我看到了大地的坚韧
也看到了大地的伤痕

我看到了大地的宽容
也看到了大地的吝啬
我看到了大地的沟壑
也看到了大地的壮阔

我看到了大地的修养
也看到了大地的狂妄
我看到了大地的疲倦
也看到了大地的启航

我看到了土地的梦想
也看到了土地的绝望
我看到了土地的坚守
也看到了土地的流浪

当大地开始表达的时候
人，只能选择静默
不论走着站着躺着
人，都是大地上会说话的蚂蚁

2018 年 10 月 24 日

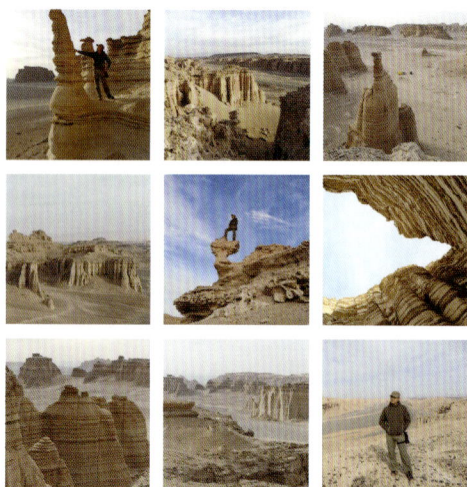

A58. 消退

虔诚的斑驳
信仰的消退
心声的渐弱
一个时代的离去
我们无从挽留

就像青春在阳光下不再鲜亮
就像皱纹悄悄亲吻着你的脸庞
就像你离梦想的起点越来越远
就像身上越来越多的中年人的难闻的味道
我们无法拒绝

阴霾的黄昏看不见远方
晚霞只在天边歌唱
伟人们早已预估好了一切
他们唯一没有想到的是
如今我们拥有了所有
却唯独失去了幸福

2018 年 11 月 16 日

A59. 今夜无妨

今夜
风如圆号
灯影寥寥
有人吐着白色的哈气疾走
有人徘徊在床前打算睡觉
噢，今夜世界平安
睡也无妨

今夜
残月飘飘
树枝狂摇
有人在年底的聚会上欢笑
有人在心底的孤独中煎熬
噢，今夜世界平安
哭也无妨

今夜
神灵跳着远山的舞蹈
人间病毒肆意地叫嚣
有人把心悬在嗓子上
有人把酒瓶喝到颠倒
噢，今夜世界平安
醉也无妨

今夜

海的对面映出了孤岛

岛的对面，肌肉炫耀

有人准备腾飞

有人恐惧沉没

噢，今夜世界平安

恨也无妨

2020 年 12 月 30 日

A60. 我们都是上帝创造的
那个陌生的人

曾经的一捧泥土
曾经从指尖散落
曾经的一缕闲风
曾经无知地划过
曾经的一潭弱水
曾经羞涩地荡起微澜
曾经的一束阳光
曾经洒下包容的温暖

人，大概就是这个时候
懵懂地站起来
瑟瑟张望

反正他来了
带着无奈和伤痛
没有快乐

反正他来了
带着疑惑和郁闷
揣着凶狠

反正他来了
带着力气和冲动
肌肉闪着光亮

反正他来了
带着贪婪和欲望
没有宽容

我们
是这样的人吗

我们
是他们的一部分

有健硕的足
却没有智慧的脑
有哭喊和眼泪
却没有旷世的慈悲

会很勤勉
会很向上
也会很有福气
也会，很乖张

你是他的智慧
他是她的体魄
她是我的细腻
我是你的轮回

他也会是你的火花
你也会是她的爱人
她也会是我的梦境
我也会是他的默契

我们是彼此的相互
我们也是彼此的嫌弃
我们是彼此的相遇
我们也是彼此的疏离

我们每个人
都是人类整体 DNA 里的一个片段
我们每个人
都是人类残片的尽端

拆开来
是有个性的个体
合并了
才是上帝创造的
那个陌生的人

2020 年 12 月 21 日

A61. 请不要担心我的孤独

颈椎很疼
就要撑不住沉重的思想
大脑混沌
就要失去动能陷入麻木
眼睛睁不动了
于是生命很近，世界很远
内心的话
已没有文字能够读解清楚

我喜欢孤独
一次没有止境也没有道路的行走
一路满是荒芜

我喜欢孤独
一种可以自由地思索
自由到不承担任何用途

所有的孤独
都将在我的清晨到来
所有的孤独
都将在我的欢乐里展开
所有的孤独
都将滋养我的精神
所有的孤独
都将指给我生命里最遥远的绿海

残缺的人，不怕伤害
仇恨的人，不怕恶语
通达的人，不怕前方没有目的
孤独的人，不怕孤独

所以，请不要担心我的孤独
孤独，是孤独者的享受

我还发现
有路灯的地方，就有孤独
嘘……
请不要用你们的庸俗，打搅它

2020 年 09 月 08 日

A62. 咖啡

没有了仪式

人和动物还有什么区别

没有了念想

时间的流逝还有什么价值

没有了静谧

我们的忙碌将从哪里重启

没有了微笑

心灵将在哪里安息

来一份液态的丙烯酰胺

端在手里

迎着朝阳

上班去

2018 年 04 月 09 日

A63. 不害怕，不拒绝，不后悔，不奢望

童年死去的时候
我活着，没有死亡
少年死去的时候
我活着，没有死亡

青春死去的时候
我活着，没有死亡
中年死去的时候
我活着，没有死亡

在今天这个凄冷的阴郁里
我活着，没有死亡
当感慨自己还活着的时候
我却开始了，真正的死亡

我看天空，一眼昏黄
我看人间，一片迷茫
我看报纸，字字夸张
我看街头，个个慌张

于我

肌肉悄悄地消退

心力缓缓地下降

兴趣已不飘扬在脸上

睡眠已不再彻夜安详

只记得阳光曾经的明亮

只记得鲜花曾经的芬芳

只记得暗夜曾经的静谧

只记得道路曾经的漫长

喜欢歌颂吗

好吧，就让所有的人尽情欢唱

喜欢伟岸吗

好吧，就让思想行走在贫瘠的地上

喜欢威严吗

好吧，就让饶舌的人管住自己的口腔

喜欢永恒吗

好吧，就让我们一起加速死亡

我们不害怕死亡

因为活着，只是一次氮磷钾的游荡

我们不躲避悲惨

因为尽头，也许就是天堂

我们不后悔今生

因为得到了，就不要挑肥拣瘦

我们不拒绝未来

因为再来的，都是我的孩子们的理想

2019 年 01 月 30 日

A64. 今天，今天

让我们一起等待

等待天空变得灰暗
等待记忆变成黑白
等待道路不再泥泞
等待群山长出新脉

其实我们不必等待

因为天空已经灰暗
因为记忆已成黑白
因为道路已堵成车海
因为群山已掩入雾霾

还是让我们一起，等待吧

等待一个冷淡的谅解
等待一个迟到的关爱
等待一个时代的翻页
等待一次从心底到心底的释怀

还是不要等了，我们

因为时间已逝不需要谅解

因为冷漠长大残杀了关爱

因为时代的大门早已被轰然打开

而心，在那一天的凌晨

早已深深地，深深地

被就近掩埋

2018 年 06 月 04 日

咖啡馆是一个适合沉默、适合思考的地方。

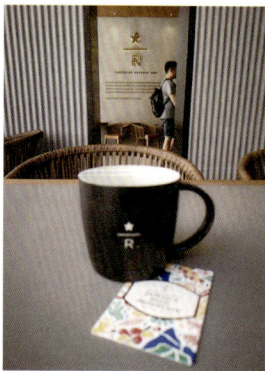

A65. 女儿进入学校的样子

你说我
老了傻了
我讪讪地笑了
不服也不忍争辩

你说我
酷酷的萌萌的
我得意地笑了
不炫耀也不骄傲

你是我心里最柔软的地方
最容易被攻陷
看一眼就瓦解了
想一想就坍塌了

我不是硬汉
我是儿女情长

2020 年 09 月 21 日

A66. 痒

回想

十八年以来

有个人跟你打招呼

总是用那个天下最容易发音，同时又是

最不经意的字

爸……

钻心地痒……

2020 年 09 月 18 日

A67. 尼罗河

天和地的划分
是远方

黑夜和白昼的划分
是朝阳

生和死的划分
是平静

爱和恨的划分
是转身

尼罗河流淌的是清澈
九千年的历史沉寂在温柔的河底
尼罗河泛起的是遗忘
世代的更替，王朝的情仇在水中融化

此时我坐在船头
光阴正从脸颊划过

东岸，是神庙
西岸，是坟场
东岸，是匆忙
西岸，是安详

东岸，是铭刻

西岸，是遗忘

东岸，是辛劳

西岸，是理想

2019 年 02 月 09 日

尼罗河，东岸是神庙，西岸是坟场。人界和天界，竟然依河分得如此清晰。

A68. 人间仓皇

历史飞起来的时候
总是夸张
仿佛空气的膨胀
灰尘的飞扬

但是都过去了
来不及阐述
也来不及铭记
仿佛
就这样草草地堆在一起
任后人
在闲暇时翻阅

世事飘忽
人生幻影
只在这狭小的空间里
匆忙演绎
闪烁和熄灭
乱了世
也乱了己

北国

秋风乍起

云曰：

万山皆小

人间仓皇

2021 年 10 月 17 日

　　沈阳，张府旧居门前的雕像；伟岸、俊朗。然在真实的历史中，那是一个多么龌龊的结局呀。大中国，小楼舍；大历史，小事件；大人物，小人生。我在矛盾的思索中，走得磕磕绊绊。

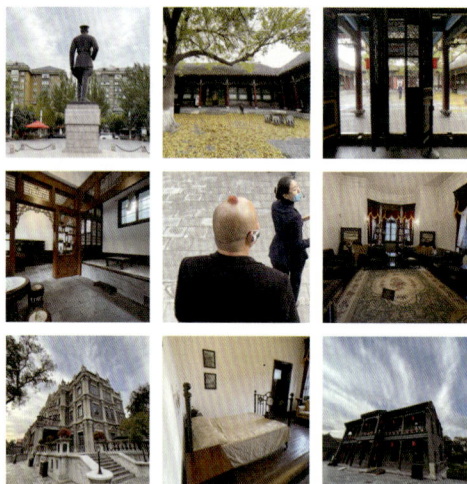

A69. 问世界

我来自那个被创造着的世界
楼群是我的山脉
车成河流
每一个夜晚都是灯的星海

我来自那个被享受着的世界
橱窗是我的季节
餐厅排列
每一道菜都是生命的离别

我来自那个被歌颂着的世界
财富是我可以细数的落叶
心意忙碌
每一次收获都是一次枯竭

忽略吧

忽略这个被一遍遍幻想着的世界
脚步是我可以确认的荒野
风雨飘忽
人只应在度过中湮灭

2018 年 10 月 22 日

　　新疆哈密的大海道，每一个脚步都很不真
实。在史前般的场景中，现实社会存在的意义
仅限于反思。

A70. 压抑的春天

阳光给了地的慵懒
软风绿了树的枝干
沙尘遮了天的彼岸
小雨湿了春的期盼

我不知道春天的意义
是验证复苏
还是验证融化
我不知道春天的目的
是验证抵达
还是验证重来

路人踏出了无耻的轻慢
街灯照亮了无解的蹒跚
霓虹扮演了无声的电闪
黑暗装饰了无名的波澜

我不知道出生的意义
是验证偶遇
还是验证崎岖
我不知道灿烂的目的
是验证欢喜
还是验证神奇

春天

一个最最压抑的季节

寒冬里堆满的郁闷

顶不破坚硬的泥土

春天

一个即将爆破的季节

情绪里弥漫着震颤

稀烂只是时间问题

2021 年 03 月 27 日

A71. 世界原本纯净

闻一口空气
是沁心的味道
看一眼天空
释放了心之缥缈
走一条小路
码放了一段岁月
听一首歌曲
读懂了自己的心跳

我们太过奢求
期待了过多的风景
我们太过执拗
错过了太多的金秋
我们太注重枝节
忽略了阳光的闪耀
我们也太在意步履
迷失了奔跑的结局

世界原本足够的简单
不过是乌烟瘴气中的清醒
世界原本足够的透彻
欲望蒙不住的冷峻的眼睛
世界原本足够的深远
忽略眼前，注重前行
世界原本足够的理性
心里有光，就无惧黑暗

掬起一捧清水
洗净凡尘
吃下一个馒头
腹中有底
认一个命运
一生平静
怀一颗善心
世界原本纯净

2021 年 01 月 05 日

A72. 但是，我不是过客

我承认自己很无能

很无趣

很无识

也很可笑

但我不承认自己是过客

我承认自己很孱弱

很幼稚

很忙碌

也很无果

但我不承认自己是过客

我承认自己不善交往

不善经营

不善把事情做好

也不善于管好我自己

但我不承认自己是过客

我承认自己不善思考

不善表达

不善相处

也从来就找不到我自己

但我不承认自己是过客

我的无力就是我的状态
我的无奈就是我的述说
我的失败就是我的结论
我的无明就是我的思想
但我不承认自己是过客

你不满意我
你鄙视我厌恶我
你把我视作蚊蝇视作空气
你是这样憎恨我
所以，我是你的一种存在
但是，我不是过客

2021 年 01 月 22 日

A73. 理性前方

"理性"总安静地
旁观"疯狂"的表演

"真理"总在前方
等待"谬误"的到来

"理解"总沉默着
感慨"思想"的诡计

"忘却"总无知地
享受"时间"的流淌

我们真的不一样
竟然在茫然中无畏

我们真的不一样
竟然在利刃上狂欢

我们真的不一样
竟然把今生当作永远

我们真的不一样
竟然把施舍当作善良

潮起淹没了贫瘠
潮落托起了土地

所有的暗礁浅滩
都在孕育着，下一个谜题

2021 年 01 月 02 日

A74. 生命中所有的灿烂
都将用寂寞来偿还

岩壁上还铺陈着斑驳的信仰
红的绿的蓝的

每个色块都是残存的赞美
失色的剥落的空白的

断续的线条披露了曾经的领悟
长的短的柔美的

而所有的残损都对应着对信仰的一次复仇
轻的重的疯狂的

一些人匍匐着
一笔一笔
在一千年前编织敬仰

一些人怨恨着
一锤一锤
把一千年前的虔诚凿碎

我分不清
究竟是人性扭曲了信仰
还是信仰扭曲了人性

岩洞

庇护了那些走远了的灵魂的欢愉

却没有能够阻止信仰

在惶惶风沙中

熬度了冷落的千年

月光周围

现实已毋庸怀疑

生命中所有的灿烂

都将

用寂寞来偿还

2021 年 07 月 15 日

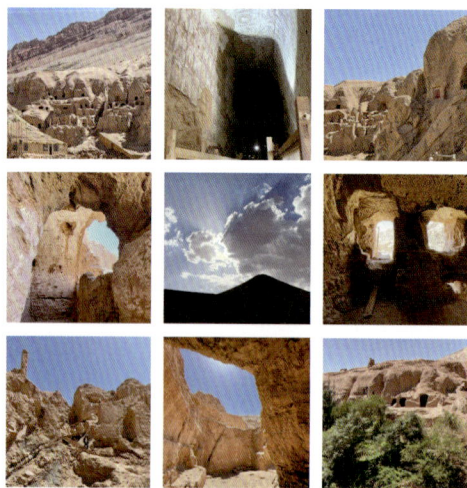

A75. 路是一念

车轮的下面
是路
路的尽头
是湖
湖的彼岸
是山
山的边缘
是收不住的视线

视线简洁
心事绵绵
怎奈得风无息，命无解
皆是空去空来

于天，山不是边框
于山，水不是边缘
于水，路不是彼岸
于路，天不是尽头

人之界限

只在于累了、倦了

和心欲停止的

那一念

2018 年 05 月 25 日

109 国道，人间最美的路，也是最透彻的路。

A76. 最终的晚安

一直站着一直等着
完全知道等到最后是什么
穿过了黑夜还是黑夜
天空的后面是虚空

一直走着一直看着
完全知道路的尽头是什么
穿过了泥泞是沼泽
远方的前方是远方

一直想着一直懂着
知道因为有了缺憾才有了美
冰水的冷淡是清纯
热咖的苦涩是香醇

一直哭着一直笑着

因为知道人生如掠过的光影

辉煌是你朝阳初升的时刻

暗淡是落幕，应该道晚安

2019 年 07 月 22 日

A77. 在终点

我到了，终于抵达了端头
我到了，穿过了众人的欢呼
我到了，一切均是享受
我到了，多了一次荣耀的昂首

可是我的黄昏是你的黎明
可是我的享受是你的梦魇
可是我的快乐是你的忍耐
可是我的记忆是你的传奇

2017 年 03 月 13 日

到达诺姆的时候，城里传来防空警报，这是伊迪塔罗德比赛的惯例。当第一个选手即将进城的时候，会响起防空警报，通知全城的人都出来迎接。

当然我们不是正规比赛的选手，只是由于来自中国，享受了一个特殊的礼遇。

他们 70 岁的传奇市长——曾经的酒鬼，蹲过监狱，后来发奋做生意，通过竞选当上市长。

A78. 只要柔软

在黑暗中试探着彼岸
我的脚尖踢碎了波澜
深夜像谜一样轻漫
玩味着它的幽缠

我的歌不再需要附和
我的微笑只在心里存着
我的面孔平静得像一块木板
只有温情能让它融了硬壳

在最深的夜里匆匆行走
一路都不适合停留
今夜已是风轻云淡
目光和月光一同柔软

像是贴心的模样
像是以往的痴狂
如果生命还有奖赏
我想再试一试鲁莽

2024 年 04 月 12 日

诗 集 B

COLLECTION OF POEMS B

B01. 西安秦皇兵马俑

于秦皇
军队是王权的威严
于士兵
战争是一次谋生

于国家
前进就是疆土
于生命
死亡只是呼吸的停歇

于时代
秦陵是祖先的辉煌
于游客
参观只是一次感慨

于西安

兵马俑是生意

于我

所有的碎片，只是苍生的凋零

是往事的一次重来

2020 年 09 月 27 日

B02. 洗衣场

我用汗水洗涤了你的污秽
手指的龟裂使你光鲜复回
我用焦躁抚平了你的衣褶
你的支付是我期待的恩惠

不论现实是一种多么残酷的荒诞
我能够承受最大的苦难
不论秩序是一种多么严苛的羁绊
我坚信，遵守，就有期盼

这就是我喜欢的印度

2018 年 12 月 26 日

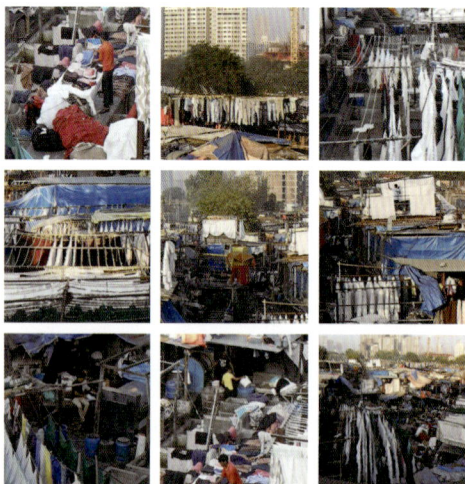

B03. 飞翔的影子

阳光，是飞翔的影子
阴影，是影子的坠落
路边的碎石和脚印
是影子的墓碑和传说

月光，是静谧的影子
流云，是影子的幽歌
空间维度相互交错
是影子在漫夜里的婆娑

星光，是时间的影子
闪烁，是影子的开合
斑斓划过银河
是影子泄露了欢乐

目光，是利刃的影子
飘过，是影子的抚摸
心情温润如玉
是影子说服了青涩

2020 年 11 月 29 日

B04. 除非我不知

象雄王国的土地上
风无踪，草无痕
记忆破损
古如江寺是唯一活着的遗存

寺内一尊两千九百年前的强巴佛石像
聚集起一座村庄
为生命的厮守
找到了理由

强巴佛就是汉传佛教所说的弥勒佛
他即将接管下一世纪
于是大肚敞卧
总是荡漾着莫名其妙的快乐

可是
俯瞰了就能快乐吗
除非忽视了疾苦

可是
看透了就能快乐吗
除非隐瞒了答案

可是
承担了就能快乐吗
除非早已放下

可是
我来了就能快乐吗
除非我有所不知

2017 年 09 月 07 日

从阿里机场到冈仁波齐神山的半路上，车下了主路，驶向一个落寞的村庄和空旷的庙宇。

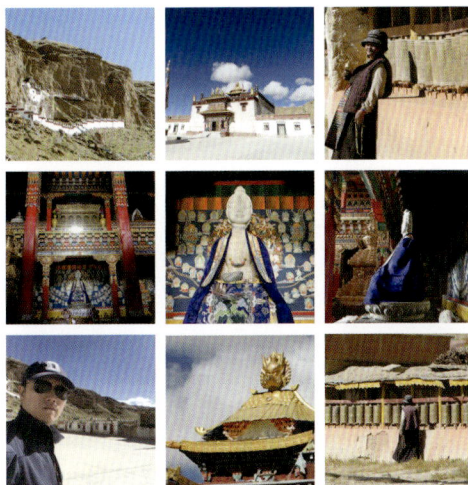

B05. 过年了

以前
飘雪的日子就是过年了
如今
不堵车的日子就是过年了

以前
鞭炮响起的日子就是过年了
如今
没有雾霾的日子就是过年了

以前
街头洋溢欢笑和祝福的日子就是过年了
如今
放下匆忙的日子就是过年了

以前
食物飘香的日子就是过年了
如今
饭馆关门的日子就是过年了

以前
一年之中最放松的日子就是过年了
如今
年底心情最紧张的日子就是过年了

以前
花灯下喧嚣的时候就是过年了
如今
举杯茫然的时候就是过年了

以前
所有的思念都聚在眼前的时候就是过年了
如今
思念遗留在远方的时候就是过年了

2019 年 02 月 05 日

B06. 简单的快乐

欢乐竟是如此的简单
无外乎是
一次亲近
一次遐想

感动竟是如此的简单
无外乎是
一次笑得投入
灿烂到让人泪奔

是我们的内心
太过柔软
还是他们的笑容
太过纯净

2018 年 08 月 22 日

那曲中学的孩子们围着我们停在院子里的 Jeep 车转，美慕，好奇。我拉开车门，告诉他们可以坐上去玩，男孩子们疯狂了，紧接着女孩子们也一群群地挤进驾驶室。我为他们的笑容而感动。

　　在拍摄这些照片的过程中，我默默地戴上了墨镜，因为我不想让人看见我因为感动而流下的泪水。

B07. 此刻，是我生命中最年轻的一刻

北京
每一个特别的和不特别的日子
也许是阴天也许是晴天

北京
每一个认识的和不认识的人
也许是故人也许是行人

北京
每一段走过的和没走过的路
也许是通途也许是坎坷

北京
每一句听得到的和听不到的话语
也许是赞美也许是埋怨

此刻
是我生命中最年轻的一刻
可惜它过去了

就如同狂欢后的老友
挂着一脸兴奋
颓然地坐在返程的公交车上

原本想把希望托付于下一个春天
可是
能挨过秋冬吗

原本想以无忧了却一生的妄念
可是
能逃脱因果吗

阴天，冷淡了一次可有可无的纪念
也让我生命中最年轻的此刻
无恋地划过

2021 年 10 月 02 日

　　生日，一个不愿意记起又不愿意忘记的日子。

B08. 帝王谷

荒山野谷
烈日阴风
行人脚下
灵魂归途

你把曾经的繁华带上
你把曾经的威严换成信仰
你把自己关闭在夜的底下
你在等待灵魂的回还

没有了仰望和欢呼
没有了爱人和祝福
没有了交谈和追逐
深处的灵魂好孤独

我不知道复生的路途有多长
是否有温暖和树木
是否有自尊和瞩目
是否有欢笑和臣服

山脚已经打通了墓道
洞口已经做好了清扫
时代已经恢复了喧闹
你在哪儿?

我在这边等着你
三千年了
你还未从历史的深处
姗姗归来

2019 年 02 月 13 日

　　埃及，卢克索，帝王谷，63 位法老的
陵寝，聚集此地。

B09. 神的尘埃

端起酒杯
其实早已注定了结局
我们都是凡夫俗子
哪能够顶得住琼浆仙露瀑布般的灌顶

喝到半场
其实就已经知道了结局
酒倒一半
人已中年

事业谈成了事情
豪情淡成了清净
伙伴熬成了老友
只是人生的一些领悟
还在远处瞪大了眼睛

我们是神的尘埃
落地便是不朽的存在
我们是神的尘埃
曾经的苦难都是曲终时的显摆

茅台是一款非凡的饮料
醉了睡了，头不会疼
可是黑夜也是一款最美的酒
醉了睡了，心来不及疼

2020 年 11 月 11 日

B10. 沉淀了十五年的感言

没有必要追问缘起和结局
没有必要记住苦难和辉煌
是过客总要被前行者无情碾压
是奠基总要任后来人尽情踩踏

感恩天空，送来了生命和美酒
感恩土地，容纳了腐烂和过错
感恩劳动，给了饭碗和快乐
感恩艰难，给了智慧和历程

感恩夜幕，遮掩了虚伪的丑陋
感恩寒暑，修造了人间的冷暖
感恩华灯，总在深夜提醒我是北京人
感恩车轮，总在清晨，载我再次出征

感恩盒饭，饥肠辘辘时，没有营养的体贴的温饱
感恩电梯，无尽等待后，不讲谦让的拥挤的亲近
感恩钢笔，划过了纸张，签署过多少播出终审
感恩座椅，陈旧的妥帖，心醉和心碎时的依靠

感恩同僚，让我从不懂到深谙
感谢对手，让我从稚嫩成老到
感恩下属，对我的听从和纵容
感恩家人，对我的旁观和祝福

感恩时代，为我营造一个不醒的梦境

感恩国家，任我在光阴中自由穿行

感恩知识，为我铺陈了这场人生游戏

感恩理性，把我一次次从沉溺中捞起

最后，我还想

感恩落叶，让我一叶知秋

感恩流水，让我看懂流过

感恩空气，支持我不懈地活着

感恩阳光，不论生老病死，它总微笑地，罩着我

2020 年 12 月 08 日

梦到了 15 年前的这个月份，离开中国教育电视台。

B11. 书

翻开一本书
就像掘开一座坟

书里都是历史的遗迹
和人类
思想的残骸

2020 年 09 月 02 日

B12. 我为什么会喜欢这里

因为阳光
石径
我
和虔诚

因为转经筒
香火
我
和升华

因为步履
褶皱
我
和不知疲倦

因为喜悦
平静
我
和接受

B13. 等无可等

听一首柔情的歌曲
等待心情舒展

撒一粒爱情的种子
等待幸福发芽

走一段崎岖的山路
等待满眼苍绿

喝一口凛冽的老酒
等待灵魂归来

读一本发黄的残书
等待谜底洞开

骑一匹俊俏的烈马
等待心路癫狂

掬一捧湛蓝的海水
等待童话再演

跳一曲最后的狂欢
等待百年成烟

等待，等待

等待意志变得柔软

等待，等待

等待不再有任何期待

2019 年 03 月 23 日

B14. 和顺的咖啡

走累了
就坐下来吧
小屋子里晃眼的阳光
无法抵抗

我坐下来了
在这个陌生的秋天
心情松弛成了一摊水
懒得流动

古街静得像一次想象
石板踏成幽亮
一股遥远的孤独
正泛着淡淡的包浆

咖啡端上来了
散着令人心碎的浓香
一口下去
我竟不堪一击

时间垮了
只见思维穿越
目光醉了
只是人间，淡了

年轻是用来行走的
最好的赞美是老成
年老是用来静置的
最棒的赞美是青春

这是一个心情无比绽放的时刻
香气，无耻地婆娑
我情不自禁地哼出一支熟悉的老歌
竟然早已不在调上

2021 年 10 月 27 日

　　和顺古村古巷，偶然进入一个咖啡馆，一坐便不能起身。店主是一位重庆"小哥"，咖啡在她手中，变成勾魂的毒液。

B15. 一条河的归宿

再没有了曾经的波澜
也没有了细水长流
它一点一点地瘦弱下去
从狂奔到舒缓
然后站下
坐下
躺下
停止了一切的理想
放弃了一生的豪迈

它一生的勇猛
只是为了到达这里
在干旱和荒漠
它一生中最大的敌人面前
死去
无声地
无奈而卑微地
消亡

就像人的老去
一样

　　塔里木河，中国最大的内陆河，奔流 2000
公里，止步于此。

B16. 那个和春天相关的在哪里

我们和春天相互守望
每一朵鲜花都挂满了风霜
我们和阳光相互守望
每一个正午都是漆黑的感伤

我们和良心相互守望
每一丝爱意都发霉成了痛恨
我们和信任相互守望
每一次善良都变成带血的惆怅

春天来了
心中不暖
花都开了
远眺无望

街上脚步
只有匆忙的畏惧，不辨方向
行人遮脸
只见口罩的苍白，不现面孔

可是
春天来了
花都开了
那个由衷的欢笑在哪里

可是
春天来了
花都开了
那个简单的幸福在哪里

可是
春天来了
花都开了
那些炙热的期待在哪里

可是
春天来了
花都开了
那个我爱的你，在哪里

2020 年 03 月 23 日

B17. 我以沉默为修行

荒山野寺
孤舍寒沟
轻声浅步
拾一段淡忘的虔诚

烛灯熄灭
烟火飘远
僧侣下山
倒是还了我佛清白

修行本无形制
无关庙宇
无关偶像
无关师承

因为，佛
就在那里
不生不灭，不论见或不见
不喜不悲，不论供或不供

因为，佛
是心灵的一个组成
与你同生，不论你知或不知
伴你轮回，不论你愿或不愿

所以，佛

不曾离去

也

不曾到来

我以心轻为修行

我以无争为修行

我以怜悯为修行

我以沉默为修行

2021 年 06 月 04 日

　　河南安阳灵泉寺，东魏武定四年，隋
唐时高僧云集，称"河朔第一古刹"。今
却弃之于野，与枯枝荒草混杂。

B18. 春天到来

人们说
春天不是收获的季节
夏天不是深藏的季节
秋天不是播种的季节
冬天不是释放的季节

于是
我知道了该如何
播种，成长，吸纳，收藏
和欢笑
和日复一日的满足

你踏着冻僵了的秋叶而来
舞步轻松可爱
你对着寒风昵语
你说，生活不需要感怀
你是春天的影子

于是我懂了
春天是步伐而不仅仅是歌声
春天是勇敢而不仅仅是轻快
春天是承受而不仅仅是绽放
春天是我的而不仅仅是你的

2019 年 12 月 31 日

B19. 懂了

在温暖的阳光下闭眼
不是因为陶醉
而是因为晃眼

在优雅的交谈中沉默
不是因为赞同
而是因为太累

在甜蜜的时刻后退
不是因为腻了
而是因为爱了

在前行的途中转身
不是因为赢了
而是因为懂了

2019 年 03 月 12 日

B20. 后土祠，眺黄河，和汉帝

烈日骄阳兮人在乏途
千里江山兮风轻云淡
我
站在先人的厚土之上
想借先人的目光
眺望

重重路网兮割断山脉
渺渺黄河兮无端浩荡
我
想把每一分钟都过成匆忙
可是步履
没有方向

欢乐多兮哀伤多
得到多兮无奈多
我
每一次忍着疲劳的行走
都是想用疼痛
忽略答案

2021 年 08 月 02 日

传轩辕平定天下，在汾阴扫地设坛。

汉武帝刘彻时更是东岳封禅，汾阴祀土。扩建汾阴后土祠，定为国家祠庙，一生六次祭祀后土，留下了脍炙人口的千古绝赋《秋风辞》："秋风起兮白云飞，草木黄落兮雁南归。兰有秀兮菊有芳，怀佳人兮不能忘。泛楼船兮济汾河，横中流兮扬素波。箫鼓鸣兮发棹歌，欢乐极兮哀情多。少壮几时兮奈老何！"

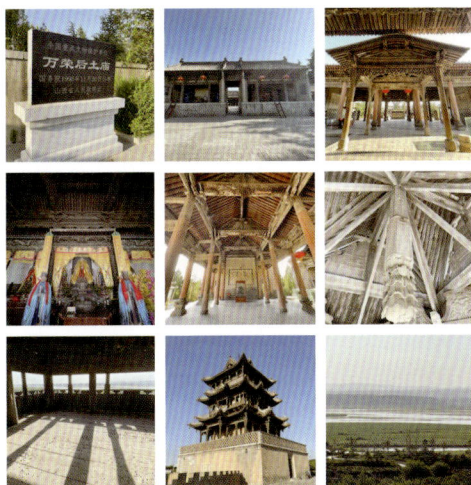

B21. 佛——否

看见的和看不见的
都是你眼前的忽略
走过的和没走过的
只是你心中的遥远

你的在和不在
都由寂寞主宰
你的看和不看
结局了然

出世
是与凡心的别离
弃我的投入

入世
是与梵心的别离
也是自我的奋勇

松涛垂立
林海屏息
远山蒙蒙是真
近前楚楚是幻

你站在这里
我走过这里

你忽视着我的蹒跚
任我犹疑前行
我放下了你的微笑
和你的平静

2020 年 09 月 13 日

　　陪爸妈专程再来峨眉山，看《只有峨眉山》
的演出。白天在报国寺里闲走，从来没有过的
放松和平静，仿佛，天下都被我们忽略了。

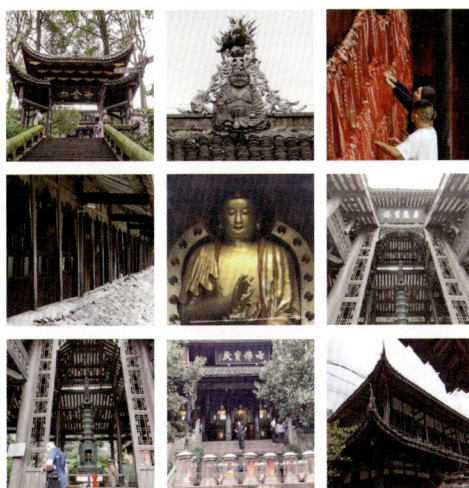

B22. 我是谁

假如你没有名字只是人海中的一粒
假如你没有个性只是众生中的一员
假如你没有理想只是行走中的腐肉
假如你没有自省只是愚昧中的生灵
你会问吗
我是谁

假如不知道你是谁你如何获得赞美
假如不知道你是谁你如何感悟亲近
假如不知道你是谁你如何承担责任
假如不知道你是谁你如何悄饮伤悲
你会问吗
我是谁

走进熙攘的人流，人就融化成分母
匆忙的，疲倦的，幸福的，紧张的
麻木的，窃喜的，睡着的，偷窥的
盘算的，落魄的，得意的，机敏的
你会问吗
我是谁

我们可以是任何人可以有任何的称谓
我们可以是任何人可以有任意的轨迹

我们可以是任何人可以有相同的名字
我们可以是任何人可以有不同的忏悔
你会问吗
我是谁

你我各自有一个不能保证专属的名字
你我整天被人呼来唤去灵魂不得安宁
多少赞美和训斥都以它的名义承担着
倒是那个名字背后的懵懂的我犹疑着
我会问吗
我是谁

2020 年 12 月 31 日

　　想起机场过安检的时候被留下来盘问，大概是我与一个逃犯同名。立即想上网查查，究竟有多少和我同名的人，结果，很多很多。唉，我爸妈，当年给我起名的时候，也太不走心了。

B23. 女儿中戏报到

这是一个复杂的时刻
她走进去时意气昂扬
但会不会
不曾回望我在她身后的目光

这是一个感性和理性交织的时刻
她应该去看她的大海寻找她的太阳
但会不会
一兴奋，就忘了家里的灯光

这是一个历史的时刻
我们所有的期望正在获得报偿
但会不会
路，依然漫长

这是一个被生命注定了的时刻
她每一天都在成长
但会不会
代价是我日渐增长的感伤

这是一个被我记忆的时刻

17 日，18 岁

9 月，9 点

行李，口罩

阳光，和年轻的沉着

2020 年 09 月 17 日

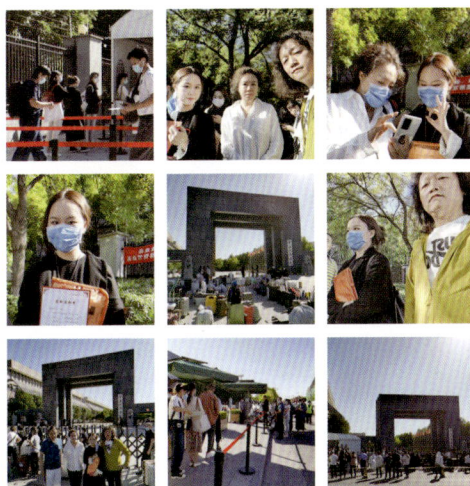

B24. 城市

城市是无数种既定的存在
在混乱的色彩中
贫困或奢华交织
享受或煎熬平行

城市是无数种未知的幻念
在飘荡的理想中
空洞或正义无情地解构
现实或荒谬完美地重合

城市是无数种弥漫的情绪
在惯性的发泄中
珍贵的总被忽略或遗忘
隐恨的总被烙印或重演

城市是一个辉煌的垃圾堆
散发着美好成熟后的腐烂
就像刚出锅的臭豆腐
赞美很难，抵御很难

我们热爱都市

因为繁华在这里通通化成肥料

我们依赖城市

因为蜗居是挣扎后闪亮的归属

我们歌颂城市

因为欲望滋养了我们的成长

我们也诅咒城市

因为残酷收纳了我们的青春

2019 年 10 月 20 日

B25. 七月的咖啡

入口
小时候吃过的麦芽糖的味道
甜甜地直往记忆里钻
等咽下去了
一股成年的苦涩
像雪茄一样酷酷地蔓延
让长发变得松软

七月里
尽是被雨水浸泡过的阳光
潮湿而耀眼

2020 年
那个已知的一半
被疫情惊扰
也窒息
也惊艳
那个未知的一半呢
是开启了的结局
也茫然
也无可躲闪

就像知道黄昏之后必然是浓浓的黑夜
有什么可畏惧的呢
你和我执手相依
平静即是勇敢

2020 年 07 月 15 日

　　玻利维亚，布埃纳维斯塔庄园，瑰夏品种咖啡豆。

B26. 都是相遇

生活
是一次一次的相遇

和欢乐相遇，也和悲伤相遇
和爱人相遇，也和魔鬼相遇
和阳光相遇，也和风暴相遇
和坦诚相遇，也和欺骗相遇

和成功相遇，也和凄惨相遇
和智慧相遇，也和愚蠢相遇
和白天相遇，也和夜晚相遇
和苍绿相遇，也和荒芜相遇

和真诚相遇，也和无趣相遇
和灵魂相遇，也和冲动相遇
和善良相遇，也和冷漠相遇
和人群相遇，也和自己相遇

只有相遇
证明我们来过

2020 年 08 月 23 日

B27. 秋天自语

阳光的洒落
是天的施舍
如同命的降临
是一次注定

街头的顾盼
神情飘移
陌生的欢笑
加重了孤寂

在人群中沉默
拒绝存在的礼仪
如同在丛林中疾走
只在意呼吸

宁静的空屋
禁闭了晚霞
宁静的时间
忽略了冬夏
宁静中的心
有时也虚假
宁静中的我
有时也惊讶

2018 年 12 月 01 日

B28. 青春不朽
—— 写于 2021 年 "五四"

青春不朽
朽的是我们的面庞
眼角
肌肉
和头发

青春不朽
朽的是我们的心态
情趣
脾气
和耐力

青春不朽
朽的是我们的心胸
眼界
谦逊
和想象

青春不朽
青春怎么会不朽
生锈
龟裂
和崩塌

青春不朽
青春怎么会不朽
固执
自负
和自恋

青春不朽
青春怎么会不朽
计较
哀怨
和无望

青春是烫手的山芋
滚烫的时候想丢掉
冷却了以后才发现
自己
从未真正拥有

2021 年 05 月 04 日

B29. 思想在街口的徘徊

每天都有人死去
每天都有人出生

死去的人有的去了天堂
死去的人有的在夜空流浪

出生的人有的是好人
出生的人有的是坏人

那些活过的人有的被人记住
那些活着的人有的被人遗忘

那些无名的人有的被人感恩
那些有名的人有的被人唾骂

那些被感恩的人一定做对过什么
那些被唾骂的人一定做错过什么

思想是活在另一个维度里的人类的本真
行为是投射在四维空间里的思想的倒影

可是我们总是忽略了思想的舒适
可是我们总是迁就了肉体的需求

我相信每一次出生都是为了思想的诞生
我相信每一次死亡都是因为肉体的消亡

我相信只有思想可以并且值得传承
我相信肉体只是世间最廉价的肥料

可是人们的愚昧在于只热衷于骨血
可是人们的聪明常常是智慧的羁绊

看看日益扩大的 GDP 数字
看看日渐缩小的书店图书馆

我想问我们把思想留在了哪里
脑子里？书里？金钱里？还是粪土里？

财富不代表思想
财富腐蚀着思想

华服不代表思想
华服丑化了思想

能言善辩不代表思想
能言善辩歪曲了思想

我喜欢站在街头看过往的人流
看思想落寞地游走，无处安放

我喜欢看人们相互争吵
看思想慌张地落败，四下窜逃

时间制止了回溯
空气里飘浮着无知的鲁莽

街口的一侧是高耸的楼群，没有思想
街口的另一侧是霓虹的繁华，没有思想

没有思想的高楼，野蛮生长
没有思想的繁华，欲望的膨胀

思想是清瘦的，素雅的，和孤傲的
思想是坚硬的，肯定的，和不屈的

思想，从不喜欢修饰
思想，从不容忍逢迎

人类因为有了思想，才需要思想
如果没有了思想，就不再需要思想

可是如果不再需要思想
还需要死后的轮回，和生命的重生吗？

2021 年 01 月 23 日

B30. 一切都好

闷热真好
汗珠恣意
是痛苦的快乐

饥饿真好
肚腩鸣叫
是忍受的骄傲

陌生真好
这里的街道只讲述别人的故事
可以读，也可以随便忽略

无聊真好
时间拥挤在身边
只作无声的吵闹

思想真好
载着灵魂
尽兴地飘

咖啡真好

是一杯

深沉的琼瑶

年轻真好

迎面的一切

都是新的

年老真好

眼前的浮华

只是一缕嘲笑

2020 年 08 月 14 日

B31. 我和你的不同

人生
就是一次我的欢笑
和你
在冷漠中的一次对视
你
在思考生活与欢笑的距离
而我
在思考沉默的意义

人生
就是一次我的俯视
和你
坚强的自尊间的对峙
你
为每一个新的日子努力
而我
幻想着脚步就此停息

人生

就是一次我在怀疑中的清晰

而你

却守望迷茫中的奇迹

你

为了我的清醒，遗憾

而我

为了你的执意，悲哀

2019 年 05 月 21 日

去了一趟朝鲜，心情又复杂了许多，不知是该感慨还是该哀叹。

B32. 你是我下一世的春天

街上，你慢慢地走着
新鞋，在脚下发光
你慢慢地聊着昨天网上的事情
风，把长发吹到脸上

月亮，挂在楼顶的上方
路上，洒满最后的夕阳
你慢慢地看着艳丽的橱窗
玻璃上，反射出你平静的模样

一个动荡的春天
家的远方，逐渐淡忘
一个沉闷的春天
灰暗，变得愈发猖狂

一个十八岁的春天
坏消息，挡不住喜悦的滋长
一个你和我的春天
每一个细节，都被悄悄收藏

你，总是沉稳地
在未来的日子里迎接过往
你，总是巍对困难
在琐碎的时间里享受光亮

柜台前
你慢慢地挑选着心爱的粉彩
五彩斑斓
是你对世界，最美的想象

2020 年 02 月 04 日

　　这个心情动荡的春天，寒冷、疫情和即将
到来的高考。我们相互间假装轻松，克制着内
心的无着之感。东歌生日。

B33. 穿过

是微风穿过了阳光
是阳光穿过了乡野
是乡野穿过了微笑
是微笑穿过了我

是信仰穿过了心愿
是心愿穿过了相约
是相约穿过了喜悦
是喜悦穿过了我

是香烟穿过了轻诵
是轻诵穿过了虔诚
是虔诚穿过了目光
是佛的目光穿过了我

是流水穿过了思绪
是思绪穿过了时间
是时间穿过了寂静
是寂静穿过了我

2017 年 04 月 05 日

B34. 干枯

干枯，不是感慨
而是呼喊
干枯，不是愤怒
而是挣扎
干枯，不是过程
而是结论
干枯，不是觉醒
而是沉沦

躺在干枯的河床上
听大地撕裂
看流云飞逝
任时间凝缩

风吹过来了
吹干了睡意
淡淡的土香上面
爬满了无助

2018 年 10 月 16 日

B35. 残响

爱你
请给眼睛加一个边框
想你
请把情意悄悄珍藏
梦中
请留下一副婉约的模样
你的美
是最幽长的残响

2018 年 11 月 10 日

苏州留园的窗,眼睛里的框,渐成心里的框。

B36. 热爱

热爱
是一种结论
而不是选项

热爱
是一种态度
而不是思考

热爱
是一种付出
而不是获取

热爱
是一种深沉
而不是宣言

热爱
是一种修养
而不是权利

热爱
是一种和解
而不是抗争

2021 年 11 月 29 日

B37. 析园林

大世界里归隐退

小世界里坐江山

中国文人善意淫

精工巧致

私自玩味

挥霍有限的志向和才华

太多的细情小景

太多的落寞小径

七折九转

飘凄浸婉

绕啊绕……

绕啊绕……

然，此时的我
渴望大势磅礴
来它场怒雨疾风
浇它个天倾地耸
也让我
呼口透彻的气

2020 年 09 月 01 日

B38. 但是，不能

但是，不能把灵感说出来
因为你一张嘴
就是熄灭

但是，不能把赞美说出来
因为你一感慨
就是错谬

但是，不能把心思说出来
因为你一述说
就是功利

但是，不能把不能说出来
因为你一说不
就是矫情

2020 年 08 月 29 日

B39. 文明的真相

吹去历史的封尘
扉页上写满了残暴

人类
总在相互的挤压和摧毁间
悲惨地对望

偶尔
那些言不由衷的微笑
被称作人性和文明

事实上
人类是最欠缺人性的动物
他们以奉献的名义掩盖贪婪
他们以输出的名义寻求占有

现代人和古代人的区别不是年代
而是
以占有内心的名义占有物质
或以占有物质的形式占有内心

把自己熟悉的生活方式
称作人类文明
把自己熟悉的思维方式
叫作精神自由

可于整个宇宙规律而言
烧煤的就比烧柴的文明吗
烧油的就比烧煤的进步吗
烧核燃料的就代表科技吗
那个谁谁谁
你聪明你来回答

脑袋是硬件
思想是软件
西方的，东方的
基督教的，佛教的
软件名称罢了

可以考虑对大脑进行格式化后重装
但从小安装效果较好
半途改系统容易死机
因为不兼容

我们看到人类不是越来越睿智
而是
越来越固执
热衷于残酷地坚守

固执，是所有老年人的特征
可是末日将至
我们以信奉而坚守
以牺牲而顽固

这一切
真的有意义吗

2021 年 10 月 16 日

B40. 天堂成因

仅仅
是因为远离了人类
这里
便成为动物的天堂

2017 年 08 月 06 日

青海，阿尔金无人区。

B41. 一掌

临睡前的愤然一掌……

是正义压倒邪恶
是罪行终得报应
是生命从此超度
是轮回隆恩厚德

2018 年 08 月 03 日

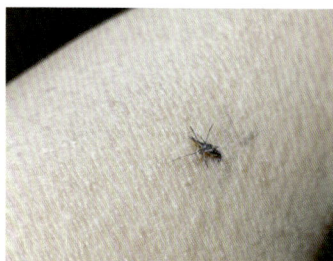

B42. 在斯芬克斯的目光中告别埃及

那个因为孤独而显得伟大的埃及
那个因为破损而历经沧桑的埃及
那个被神灵祝福过和遗忘了的埃及
那个被黄沙掩埋了不再挣扎的埃及

那个对权力如此迷恋的埃及
那个对生命极度贪婪的埃及
那个用时间嘲笑世界的埃及
那个用想象讲述历史的埃及

那个你能一眼看到七千年前的阳光的埃及
那个畏惧死亡、亲近死亡、和死亡达成和解的埃及
那个在异教徒的祷告中无动于衷的埃及
那个任由人们提问而决不作答的埃及

告别埃及就是告别一场等待

所有的画面都凝固了时间

斯芬克斯的目光伸向远方

它在说，嘘……每一个等待都寂静而遥远

2019 年 02 月 15 日

B43. 五十五岁生日

在度过五十五岁生日的这个时候
生命中空旷得没有半丝忧愁
看过往如云，看残月如钩
一瞬间，答案尽透

在日子一天一天有趣和无趣地度过的时候
生活需要一点点放肆和一点点隐忍
在朋友一个一个变得亲密和疏离的时候
生命一寸一寸走来也一尺一尺离去

年轻时，觉得成功在远方
年老时，觉得欢乐太匆忙
年轻时，觉得步态稍欠端庄
年老时，觉得坐下只剩安详

我们和命运是一次轻率的相遇
又相信太多的清规戒律
所有的困难只因为心太柔软
泪水中注定了犹豫和委屈

世界仿佛给了我们所有的自由
是的，自由，难醉的酒
岁过半，人悠悠
才知道自由其实无可奢求

当历史渐成千古
平凡的我们，在当下驻足
任思想来袭，任灵感扑朔
嘈杂声中，多思便成凄苦

多么渴望一次真正的逆袭
聚光灯下我一袭长衣
但是我忘了，我忘了
在曲的尽头，你只能弹完自己

一生，一年，一天，一念
人生终结在清醒的前面
今天我依然欢喜地等待那个蛋糕，才发现
岁月如梦，我们仍是少年

2018 年 10 月 03 日

B44. 艺术家们

我看到了
四十个人
四十年中
所有的痛苦
有大路延伸时的痛苦
有光阴漫卷时的痛苦
有骨骼坚硬时的痛苦
有目光遥远时的痛苦

我看到了
四十年中
四十个人
所有的苦痛
有呼吸时的痛苦
有狂笑时的痛苦
有交谈时的痛苦
有止足时的痛苦

四十年
其实
就是
人生的全部
满心的褶皱
一脸的疑惑
满怀的志向
半生的失落

四十个人
其实
标记了
人类心灵的道路
艺术也是心术
基因，学识
思考和修养
艺术也是著作
目光，感受
责任和表达

2019 年 01 月 26 日

上海，"四十年四十人展"，看到了灵
魂痛苦的撕扯。

B45. 滑落的西行

飘扬的秋叶
避开了落日斜阳
平静的心情
回忆着不远的遐想
我停靠在一缕淡了的微笑上
放下疲惫的行囊

街灯耀眼
色彩是老妇的浓妆
车流裹挟着欲望
夜幕也无从遮挡
我哼着一支无字的歌
全当作心灵最后的光亮

翅膀倦于飞翔
内心也不够顽强
快乐是天边无由的巨响
所有的挣扎都足以被原谅
我是一个多么天真的孩子
面对你，脸上发烫

一杯热茶
一缕残阳
一片愁云

竟挂在脸上
我们无缘踏上西去的列车
奔向遥远而彻骨的荒凉
我是一个多么固执的人
只坚守简单的理想

2020 年 01 月 15 日

B46. 醉

醉不是罪
是高兴
是遇到称得上老友的人
值得一醉

所有的酒
都是友情的泛滥
所有的笑
都在热情中膨胀

思想融化
灵感短路成火花
然后忆起从前，过往
然后就忘记了归途

站在茅台镇的空气里发呆
清冽的风，撞了个满怀
你指着天一遍一遍地说
朋友，因为快乐，我还要再来

2020 年 11 月 09 日

B47. 对等

一个民族
有过多少辉煌
就会有多少苦难

一个人的内心
有过多少喜悦
就会有多少哀怨

一粒灰尘
有过多少飞翔
就会有多少平凡

一个人的经历
有过多少喧嚣
就会有多少难眠

这就是我喜欢的印度

2019 年 01 月 03 日

B48. 空度

山峦会坍塌成丘陵
河流会干枯成沟壑
星辰会升而复坠
人会生，会老，会死

石头会崩碎成沙子
森林会倒伏成煤田
宫殿会湮灭成废墟
好感会蜕化成生厌

如果美丽也会腐朽
又何必在意皮囊
如果旅程无所谓终点
又何必在意起点

如果人终究闭眼
又何必在意看见
如果眼前的事物终将虚化成无
那么虚空，便是真实

如果我们终将得到虚无

不如就此

让生命放任

让时间，空度

2020 年 12 月 20 日

B49. 风蚀

看风来了
就知道生的开始
看云变幻
就知道命也无常

看砂石成形
就知道物有灵犀
看人在旅途
就知道不老的力量

安心地坐卧在沙丘之上
风来了
云走了
人似缥缈……

2018 年 10 月 23 日

B50. 我说佛说

又见白居寺是如此的欢喜
我迫不及待地用目光触及
就像遇到当初的恋人
满心的浮动
寻找久别的熟悉

一千遍地端详一千年前的笑脸
和佛一起想念着前世的初见
那时的天空甚是湛蓝
满心的清风
在空中凛冽

在信仰的国度
虔诚很简单
添油，叩首
默念，匍匐
平淡得如同麻木

佛说
你爱上每一个人，才是爱上了自己
我说
因为放下了自己，我才爱上了每一个人

佛说
苍生面前，包容就是慈悲
我说
佛的面前，慈悲就是闭眼

佛说
来到这里，是一次最远的朝拜吧
我说
是因为心远，才把自己送上前来

佛说
放弃，是看透后的最宽阔的胸怀
我说
珍惜，是此劫中的最深切的感慨

人的领悟
总是陷于庸俗的苍白
人的语言
总是显得牵强的实在

我在佛前
其实最好是悄声不语
佛在我前
其实，早已尽显宽怀

2018 年 09 月 01 日

215

白居寺,始建于 1414 年。萨迦派、夏鲁派、格鲁派共处一寺，同上早课，遇到不同的经文段落，也会各念各的，堪称一绝。吉祥多门塔，也称"十万佛塔"，塔高九层，七十七间，一百零八门，据说绘有十万佛像……历经"文革"，依然保持着雄伟华美，是罕见的建筑珍品。

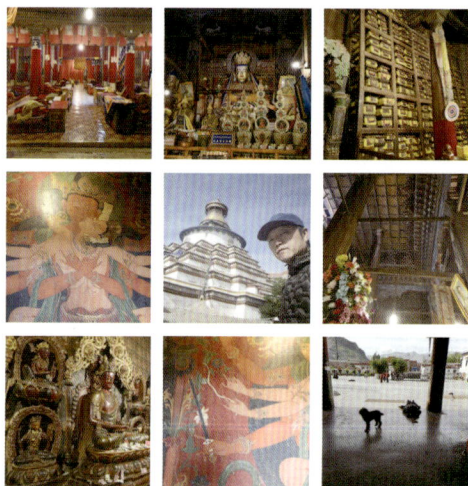

B51. 你

把你的手贴在我的脸上
我的心就归属于你

把你的目光贴在我的心上
我的喜悦就归属于你

把你的笑容贴在我的喜悦上
我的岁月就归属于你

把你的记忆贴在我的岁月上
我就融化了，就归属于你

低垂下的眼眸
是匍匐

相遇时的忐忑
是幸福

缠绵的厮磨
是享受

深夜的惊醒
是牵挂

2021 年 01 月 26 日

B52. 牧马人

牧马人
放牧的不是马
奔跑的
是我们的内心

我喜欢行路
因为
一半是公路
一半是心路

朋友说
心欲静而路不止
我说，不
是心无静，路亦无尽

2018 年 06 月 05 日

B53. 你呀

你呀
总在我想你的时候
向远处张望

你呀
总在我要远行的时候
投来温柔的目光

你呀
总在我放下的时候
情绪高昂

你呀
总在我的爱情中
迟疑慌张

2019 年 12 月 13 日

　　第一杯"苏拉威西"冲坏了，豆子里的脂肪释放不充分，于是重新制作一杯。

B54. 拥堵

街区
是横向的拥堵
高楼
是纵向的拥堵

道路
是流动的拥堵
地铁
是深藏的拥堵

重叠的单位机关
是有序的人才的拥堵
密集的商厦店铺
是无序的欲望的拥堵

抬头看看天空
我知道理想也在拥堵着
如果俯瞰大地
生死又何尝不在拥堵着呢

我们习惯了拥堵
我们把拥堵当作了繁华
我们习惯了踩踏
我们把踩踏当作了生长

都市啊
你是蚁穴
所有的忙碌
都在追求残酷的喜悦

都市啊
你是坟墓
所有的失败
都是对梦想的祭奠

2020 年 12 月 23 日

B55. 很深很深的失眠的夜

夜空不黑
是因为自己合不上眼
夜空不静
是因为心语喊喊喳喳

一天的劳累
竟然压不住翻滚的思绪
一生的繁复细节
争相在记忆的淤泥中唏嘘

躺着比站着更累
昏睡比醒来清明
白天都是尸行般无果的浑噩
只在深夜，心灵才独自苏醒

你们是我的孽障
也是我的皈依
你们认真地修炼着我
把我雕成遍体鳞伤

听到自己的鼾声，踏实
感受自己的温度，厌恶
干涩的双眼还是闭不拢
缝隙中，曙光正踢破窗户

2021 年 01 月 05 日

B56. 公平

既然不能要求大地平坦
请不要追求人间平等

既然不能要求能力相同
请不要追求处境平等

既然不能要求付出等同
请不要追求分配平等

既然不能要求承担同样的责任
请不要追求权利平等

这个世界最大的不公平
就是以公平的名义
质问公平

而最大的公平
就是承认不公平
并且接受它

2021 年 01 月 25 日

B57. 九个月亮

枝叶送来寒波
冻凉了初冬的月亮
枝条切割
结成细网

我的目光也碎了
在缝隙中穿过
一块是空白
一块是星河
还有一块
是自己最深的心窝

月亮挂在角落
安心地扭成婆娑
有如女人的柔顺
这是最美的婀娜

树影下的人
屏住了呼吸
唯恐一丝风动
惊落了月亮

天上有九个月亮

争相着看你静静地眠

你在梦中一边踱步

一边驻足

一边叹息

一边躲闪

2020 年 11 月 28 日

B58. 安藤忠雄

他假装简单
却有非常复杂的几何结构

他的线条尖锐不犹豫
却完全附和着大众的审美

他把空间切分成不规则的形状
却又组合成不可分割的一个整体

他勇敢地割裂自然
却又利用高墙创造出另外一种和自然有着密切关联的人造的自然

他的空间貌似封闭拥堵
却总能在最恰当的位置保留一个灵性的窗

他排斥着生活细节
却用极富戏剧感的光线表达出温馨

他以暴力的美学原则对这个世界表达着反抗
却又总是不经意地流露出骨子里的温和

他努力创造一种秩序化的几何体
以形成一个抽象的空间

他结构出的简单的空间中
有着复杂的美

他的作品，视觉空旷
内心却被强占

他使用最少的元素
创造出无界的感受

请记住安藤忠雄
因为
你会喜欢他的作品
并且越来越

2018 年 07 月 01 日

　　直岛，一座清水混凝土的建筑，是安藤忠雄的作品。他被誉为"这个世界上最没有文化的日本鬼才"，可他的作品，没有文化的人还真是看不出好来。

B59. 堆砌重叠

是时间的逝去和重来发生了重叠

是空间的散落和沉积发生了重叠

是悄然的滋长和必然的陈腐发生了重叠

是随心的飘动和目光的凝固发生了重叠

是天境和尘世发生了重叠

是历史和现实发生了重叠

是祖先和后代发生了重叠

是易逝的和永恒的发生了重叠

是春光和一次即将的离别发生了重叠

是欢笑和一次隐含的悲情发生了重叠

是心情和一次天堂的跌落发生了重叠

是温暖和一次彻骨的寒凉发生了重叠

艺术

是随心所感和沉思的一次重叠

是内心狂野和守据的一次重叠

是心血和纯熟技法的一次重叠

是洒脱和斤斤计较的一次重叠

我不太喜欢无技巧感的作品
因为我觉得取巧的视觉不会带给我感动
我也不太喜欢卡普尔的作品
因为我觉得，它很难像太庙一样永恒

把安尼施·卡普尔的展览放在太庙里是一个灾难性的决定。虽然它可以对古韵形成一种异类的冲撞和破解，却完全不是古代审美的对手。因为取巧而显得鸡贼。

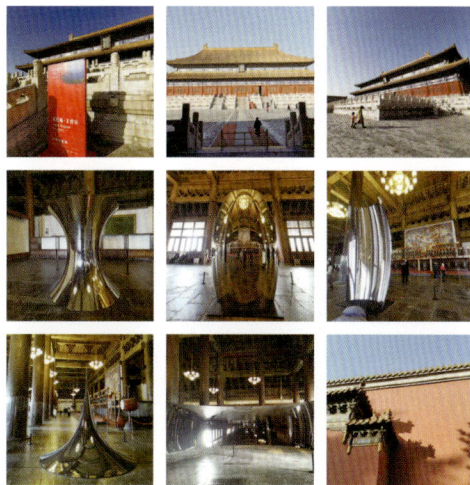

B60. 北京和秋

这就是北京
满眼的灰色的秋
满街的拥堵的车流
我被移动的壳包裹着
感受不到是喜还是忧

2018 年 10 月 25 日

B61. 宿命

都宿命了
还有什么不踏实

所有的努力
是为了实现宿命
所有的挣扎
是为了验证宿命
所有的感慨
是为了哀叹宿命
所有的学术
是为了总结宿命
所有的宗教
是为了讲述宿命
所有的时间
是为了承载宿命
所有的爱
是为了装饰宿命

一个既定的结局
它无喜无悲地叫着自己的名字
宿命
宿命

2020 年 12 月 26 日

B62. 好想松开

我不知道我应该站着
还是就此倒下
深夜的疲惫
是垮塌般的
心里的颓废

我不知道我应该坚持
还是就此坠落
秋天的寒冷
是彻骨般的
绝望的眼泪

如果从来没有过如此的绝望
心，只会隐隐地痛
如果对绝望习以为常
那么痛，就是交换应得的报偿

你信不信，繁华之后
所有的霓虹都将熄灭
你信不信，欢乐之后
所有的笑声都将撕裂
你信不信，领悟之后
所有的智慧都将无语
你信不信，大战之后
所有的浮生都是卑贱

从来就没有英雄

生，是一次又一次的侥幸

死，是仅有的一次放手

当你想开了

也就，松开了

2020 年 10 月 11 日

B63. 放松

当生命的每一缕火焰
都在挣扎中顽强地扶摇
当时间的每一个刻度
都在苦难中无悔地微笑
当思想的每一次闪光
都试图在黑暗中找到喝彩
当梦境的每一次破碎
都又重新聚集迎接拂晓

你
我的无法渡过的彼岸
你
我的不可言明的救赎
你
我的最为真切的哀叹
你
我的最为透彻的清醒

看过了高山
知道了浓淡
走过了崎岖
知道了波澜
淡忘了故人
知道了衰老
漠然了欢喜
知道了平安

2021 年 09 月 17 日

B64. 咖啡英雄

咖啡清澈
清水混浊
捧这杯还魂之水
去腌浸自己的灵魂

多少个清晨
醒来时的昏沉
多少个夜晚
熟睡后的清醒

我和众生一样的简单
忙忙的
茫茫的
盲盲的

寒空致远
阳光眯眼
深深地吸一口秋气
树也秃了，路也黄了

我无惧自由的残酷
我期待残酷的浪漫
请牵来我的无缰烈马
热血和自由均在胯下

踏上你的轻舟

放纵你的骏马

看一眼前面漫漫黄沙

你还剩多少芳华

英雄无泪

一脸沧桑

双目疑惑

满腹碎牙

电影里的画面

朴刀脱手

裹紧衣衫

也抱紧了心爱的姑娘

2020 年 11 月 04 日

B65. 显得崭新的历史

历史
也许是连贯的
也许只是
貌似连贯的片段

历史
也许是完整的
也许只是
依靠想象黏合的复原

历史
也许是有迹可循的
也许只是
必然当中的偶然

历史
也许是客观的
也许只是
书写者的主观

我们像考古一样
试图寻找真实
却一次一次
用想象替代了想象

我们一次一次用自己的想象

印证或者替代了别人的想象

我们也一次一次用自己新的想象

印证或者替代了自己曾经的想象

我们以为历史是真的

其实它是真的被改写过的

我们以为历史是旧的

其实它是不断被粉饰后的崭新

2021 年 08 月 07 日

B66. 好复杂的我们

你是我的吗，爱人
你是我的吗，时光
你是我的吗，快乐
你是我的吗，创伤

你是我的吗，孩子
你是我的吗，幻想
你是我的吗，流淌
你是我的吗，残阳

你是我的吗，世界
你是我的吗，田野
你是我的吗，果实
你是我的吗，告别

我们是一场重复的游戏
扮演着各自神圣的棋子
我们是记载着宿命的文字
每一笔画都认真地书写自己

我们是空灵中缤纷的粒子
勇敢地毁灭和幸运地重合
我们是那创造出生命的风
随性地演绎和必然地发生

我们诞生着也腐烂着

我们仇恨着和感恩着

我们抗拒着也接纳着

就如同人们常说的

我们痛苦着也快乐着

2019 年 03 月 22 日

B67. 广州

落日陈阳
静水河殇
灰墙素瓦
暮气苍茫

凭窗远眺
天圆地方
滚滚红尘
随风逐浪

你是活力之城
雾，遮掩了欲望
赤橙黄绿青蓝
只奋进，不张狂

2020 年 12 月 03 日

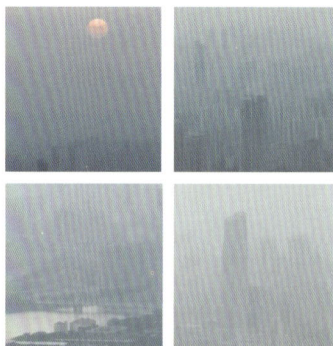

B68. 行走

站在大地龟裂的肌肤上
我心
也如此般碎片

世界竟然残破成这样
惨得
如花

烈日
这个新世界的旧主
乐得放肆，笑得残暴

云朵
本是大地最后的华盖
却逃得比谁都快

我在旷野里行走
试图用脚步
缝合大地的裂痕

我
不是那个
能够到达彼岸的行者

我也不会
是那个能够找回心灵的
人

你还要和我一起行走吗
黄沙碎石，沟壑山丘
荆棘热浪，孤独疲劳

虽然道路就在脚下
迷路
只迷在心里

行者
是修行的人，也是逃避的人
是坚毅的人，也是麻痹的人

荒漠中的旅途

无所谓起点

但茫然，一定是终点

2021 年 07 月 08 日

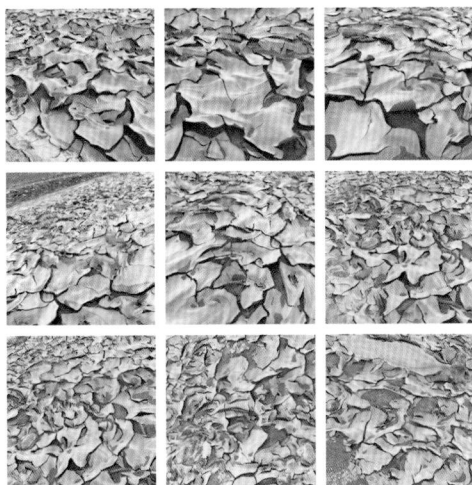

B69. 年年之关

初一是一道关
初二是正在走过的关
初三才是站在了关的外面

出生是一道关
生活是正在走过的关
死亡才是站在了关的外面

混沌是一道关
思考是正在走过的关
清醒才是站在了关的外面

儿女是一道关
情长是正在走过的关
欣赏或漠然才是站在了关的外面

2021 年 02 月 14 日

B70. 漍口中学
—— 参观汶川地震纪念馆

一群年轻的和半老的解说员
领着人们进入和走出
漍口中学的大门

她们穿着统一的服装
使用统一的解说词
描述着这场死亡，和余生

她们每天每天地重复
华丽的辞藻已磨损
才听得我泪流，和感伤

5·12 的那个 22 秒
方杰老师死命抵住变了形的防盗门
让他的 42 个孩子钻过他的臂弯

从生到死，其实只是一瞬
一瞬间的迟疑
一瞬间的清醒
一瞬间的责任
一瞬间的坚持
一瞬间的人性
一瞬间的意志

也许都是，也许都不是
因为，22 秒来不及思考

当第 41 个孩子钻出去
生命的彩虹，终于坍塌
他和最后一个孩子没能逃脱

我揪心地幻想假如地震的晃动少一秒
假如楼板的钢筋，多支撑一秒
但是，没有假如

他死去的地方埋下了生命的种子
今天，我就看见了
一棵小树，已然翠绿

因为有生
死才可以从容
坦然

我跟在一群年轻的警察后面
看他们敬礼
看他们肃立

相对于浮生
每一个死
都很庄严

2020 年 10 月 28 日

B71. 库斯科的深夜

这是一个欲哭无泪的城市
浸着曾经落败的繁华
这是一个被打残到屈服的城市
遍地是信仰破碎后的残渣

有人在路边细语
只听懂呢喃
遮掩在窗后的一个个故事
意欲卸妆重演

那夜
在回廊旁的一个餐厅
我听了印加人节奏欢快的哀怨
那夜
在清雨淋湿的小巷
我看了空余的寂静里浓雾漫卷

库斯科

库斯科

一个因为信仰

而摧毁了信仰的城市

2018 年 12 月 02 日

进入古印加帝国的首都库斯科，一切只能在黑暗的记忆中摸索。

B72. 告别马六甲

我看到老城缓慢坍塌
我看到旧房补上新瓦
我看到车灯燃起了繁华
我看到衰老已无牵挂

Melaka
Melaka
正在告别的衰老的
Me—la—ka

我正旁观一场心灰意冷的落败
我正目睹杂草精心编织的覆盖
我正感受着门前窗后颓废的目光
我打算就此离开，免受冷漠的伤害

Melaka
Melaka
正在告别的冷漠的
Me—la—ka

我的家在千里之外
我不知道我为什么会万里寻来
六百年朝拜的共同的神仙
牵引着难以言说的亲情血脉

Melaka

Melaka

我意欲告别的

Me—la—ka

2018 年 07 月 08 日

离开马六甲，竟没有半点悲伤，只是
觉得应该就此远离，应该放心割舍。

B73. 明前的茶

在料峭的春风里吐绿的嫩芽
在迟来的柔润里舒展的清香
在远方的苍山里孤寂的微笑
在眼前的杯子里婀娜的轻佻

其实我不懂茶
我只懂得朋友的牵挂
一捧心意一次送达
一盏清香一杯清茶

其实我不懂茶
对于我来说
明天之前的茶
都算是"明前茶"

2021 年 03 月 06 日

诗 集 C

COLLECTION OF POEMS C

C01. 说破

心荒如漠
不可触摸
不可挽扶
不可说破

回望年少
无知地向前
跌倒
只是游戏的一部分

人到中年
无畏地向前
跌倒
只是未能幸免

张望老年
无奈地向前
跌倒
只是最终的画面

那些告诉我们永恒的人
是何等的奸诈
那些告诉我们无常的人
是何等的肤浅

在无法察觉的时间里
一切的奔跑都是一种静止
一切的腾跃都是一种跌落
一切的记忆都是暂存的忘却

2021 年 08 月 24 日

C02. 迤沙拉

树老了
春天就老了
房子老了
活着的方式就老了
人老了
脚下的路就老了
故事老了
香烟的味道就老了

迤沙拉，迤沙拉
你还有什么可说的吗
我年轻的想法就是和你不一样

600 年的村庄和苞谷堆在一起
随时间剥落
伴衰老煮软
任腐朽平淡
夕阳里炊烟入镜
牛铃远走
暮霭
褪色成柔和的紫暗

迤沙拉，迤沙拉
你还有什么可说的吗
我年轻的决定就是和你不一样

不要闭塞的因果

不要缓慢的循环

和中国所有的村庄一样

年轻人都出去了

阳光般新鲜刺激

欲望朴实的狂饮

冲进都市

和繁华放手一搏

迤沙拉，迤沙拉

你还有什么可说的吗

我含泪的快乐就是和你不一样

2021 年 07 月 17 日

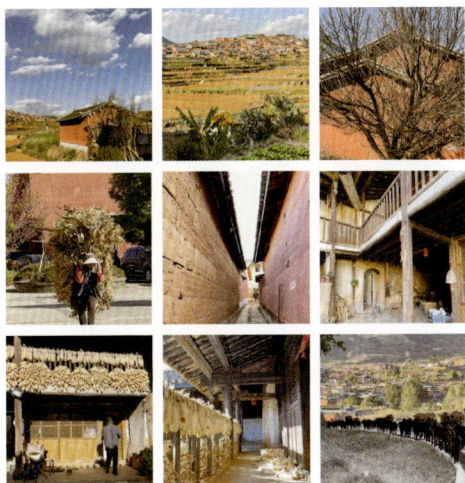

C03. 人生的被目的性掩盖的非目的性

深夜不期而来的清醒
最是真实

那是一道心灵的闪电
撕开了思维的幔帐
把灵魂剥得精光
是羞耻还是寒冷
是懊悔还是隐痛
自己知道

时间以非线性的延续
跳转衔接
世界因意念的自由
而慌乱成一团

规律
只存在于思维跳跃的顺序而不是思维
即便是理性
你又怎么能够证明世界不是一次非理性的结局

我们用目的性对非目的性做了一次次貌似彻底的解读
让疑惑从容地应对感知中最真实的无知
直至悲观苏醒
在午夜狂欢

2021 年 08 月 26 日

C04. 玛吉阿米的等待

守着一扇窗

看路人熙攘

守着一片天

看虔诚过往

守着一杯奶茶

飘香着那个质朴的传说

守着一个心境

等尚未到来的温情

你说过要到我面前

在这黑色桌子的对面

你说过要耐心等待

等到日落年衰

你说过有一份柔和的笑容

将打开云朵

你说过在这张桌子上

将解开前世的疑惑

玛吉阿米

一座古老房屋的名字

玛吉阿米

一位别人姑娘的名字

玛吉阿米

你幻想中向你走来的名字

玛吉阿米

你此刻寂寞的名字

转过头去

看八廓街平行的人海

欢乐和悲哀

交织的波澜

楼梯上踏响了

那么多兴奋的脚步

你的目光，最终

也没有停留在我的脸上

2019 年 08 月 18 日

C05. 无心无错

世间本无心
何来物欲

世间本无物
何来心思

世间本无时间
何来生老度过

世间本无长久
何来错过

2021 年 07 月 04 日

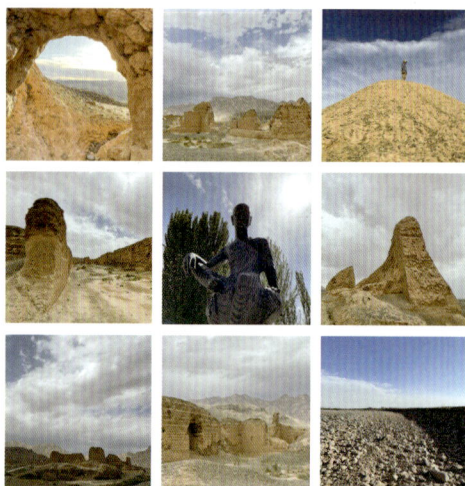

C06. 秋天的承诺

是风
吹黄了眼中
最后的
翠绿

是风
吹飞了心中
最后的
季节

是风
吹远了生命
最后的
鼻息

是风
吹走了宿命
最后的
陈情

克制悲伤
存一丝喜悦
为了春天相见
我会，裹一身寒衣

2020 年 10 月 12 日

C07. 又是教师节

昨晚睡去的时候

浑浑噩噩

今早醒来的时候

一脸茫然

光线挑开窗帘

冷冷地看我一眼

我突然意识到

噢，秋天了

书上说秋天，硕果压枝

书上说秋天，花正婀娜

书上说秋天，金光扑簌

书上说世界，平安祥和

但是没有人能够糊弄已经站在了秋天里的人

脸的落寞

身的孑然

和心里对严寒的预颤

快八点了

我就赖在床上不起

如残花败柳般随意自由

等待被时间扫荡

自己告慰着自己

只争朝夕的季节已过

怎么着

我就这样了

今天是教师节

我看见了二十五年前的那个体重不超过 68 公斤的人

祝那个曾经的我

节日快乐

2020 年 09 月 10 日

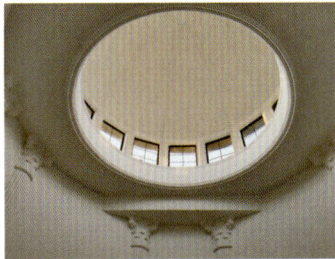

C08. 追问

不看而看，抑或看而不看
不想而想，抑或想而不想
不说而说，抑或说而不说
不惑而惑，抑或惑而不惑
真的有很大的差异吗

我们总是过多地追究着不同
但是
当起点是大地，终点也是大地
当行走的人是你，停歇的人是你
当时间不以分秒计算，而使用的单位是一万年
当你是我若干次轮回之后的一次轮转

终点还有意义吗
行走还有意义吗
流逝还有意义吗
究竟是我还是你，有意义吗

我们总是过多地期待问题的答案
但是
当相遇和离别同时存在
当理解和误解同时存在
当黄昏和黎明同时存在
当活着的和死去的同时存在

相遇还有意义吗

理解还有意义吗

黎明还有意义吗

活着还有意义吗

我们总是过多地相信着自己

但是

当聪慧过多也会愚蠢

当思考过度也会混沌

当勤奋之后也会倦怠

当覆灭之后还会重生

聪明还有意义吗

思考还有意义吗

勤奋还有意义吗

覆灭还有意义吗

2020 年 10 月 05 日

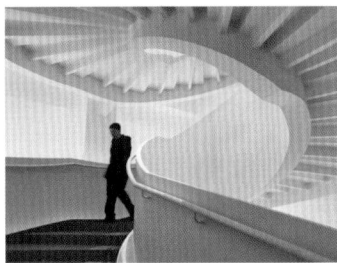

C09. 欲望

街上行走的都是欲望

街上拥堵的也都是欲望

街上发呆的都是欲望

街上愤怒的也都是欲望

你和我就在天桥上坠落如何

红灯绿灯将是我们的闪烁

你和我抱头痛哭如何

泪水落地便成干河

学府讲授的都是欲望

才子们拼搏的也都是欲望

排队等待的都是欲望

心满意足的也都是欲望

你和我不要这般透彻如何

人间必有人间的苦涩

你和我不要这般尖刻如何

雾霾也没能让我们变得柔和

那些炫耀的都是因为欲望
那些恭敬的也都是为了欲望
那些执念的都是因为欲望
那些消沉的也都是为了欲望

你和我就这样安静度过如何
看世界跳着如火的舞蹈
你和我就这样相爱着如何
只哼那支属于我们自己的情歌

2019 年 02 月 26 日

C10. 再次转山

再次转山
心中无尽的欢喜
每一块石头我都认识
就如同
重拾自己散落的心迹

再次转山
已不再渴望奇迹
生不过是一次死亡的开始
就如同
和朋友们一起煮酒嬉戏

每一口呼吸
其实就是生命全部的意义
生命的真谛
就在于
不断地说服自己

再一次转山

对我来说，我想已经不必

懂得万物的目的

其实

只是为了懂得自己

2017 年 09 月 05 日

　　内圈！内圈！大哥，是转过 13 个外圈
之后才有资格转的那个冈仁波齐的内圈！

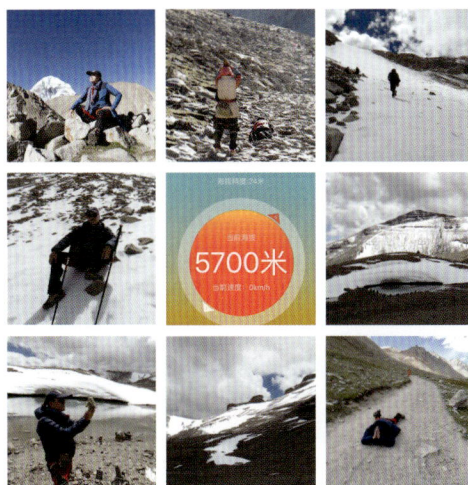

C11. 不会关心

行走，不时地停留
观望，偶尔也思索
喘息，贪得片刻宁静
文字，替代不了言说

飞机，会在阴雨中起飞吗
眼泪，会在阳光中闪烁吗
你，会在远方等我吗
明天，会是温暖的熟悉吗

人生的每一天都是出发
每一个夜晚都是落幕
我们关注着那些喧哗的盛宴
却从不关心深夜，失眠的自我

2020 年 08 月 20 日

C12. 孤傲

摆一个姿势
等待时间的欣赏

留一身洁白
涂抹心中的色彩

舍一季收获
只为不一样的瞩目

守一身孤傲
尝试世界的温度

我把目光留在雪中
只为
等一个春天
陪你发芽

2020 年 10 月 29 日

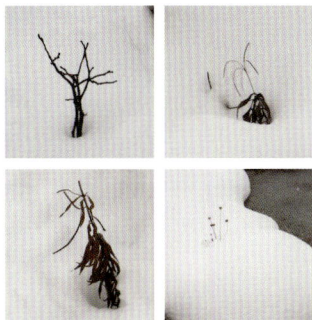

C13. 秦朝的微笑

我喜欢你的淡然微笑
我喜欢你的上翘嘴角
我喜欢你憨憨的双手拢在一起
我也喜欢你微微隆起的小肚腩

我喜欢你的发髻
我喜欢你的领结
我喜欢你衣袍上的褶皱
我也喜欢你的破碎

秦朝老矣
小吏何安
后来你是回到了陇上
还是开始了无名无姓的流浪

西北的风吹在脸上
你一眼，便看尽了风霜
黄沙尘土浩荡
你保持着满意的模样

我在你的微笑里融化

心，软得爬不起来

你的笑容是一把柔利的剑

我一见，已血流成海

2020 年 09 月 25 日

C14. 侧看父亲

陪伴了共和国七十年的那个人
当年二十一
青春燃烧
点燃了风华

一路崎岖
幸而有信仰照亮
脚步坚实
赢得一头白发

如今社稷老矣
他又岂能独强
除了为国家鼓掌
他依然执笔如枪

我看他的坚毅
也试图看他的远方
人生从不荒诞
尽是灿烂的橘黄

2019 年 09 月 27 日

昨天陪他去医院，看他的渐趋弯曲的
背影……

C15. 可见和不可见的

飘忽中的历史
负责记载和感慨
不屈，屠杀
智慧，狡诈
苟且，高贵
本真，违心

沉静下来的遗迹
负责陈列和想象
平淡，存在
卑微，简单
满足，微笑
虚妄，思考

于是历史
是不可见中的可见
是显露的深藏
是浓缩的平时
是凄苦的快乐
是绝望的希望

我喜欢历史
在我对现实厌倦的时候

历史
如此概括地解说着现实
使我抽离般地腾空
获得居高临下的解脱

当然我也喜欢现实
在我对历史惋惜的时候

现实
如此细腻地表述着善意
使我触摸着岁月
保持平静知足的温情

2021 年 12 月 01 日

C16. 达赖六世的理塘

我看见天上奇云的排布
飘雪是云的羽毛
你在空中俯冲
迎向你前世的观望

我看见你在云间的善良
阳光是温度的荡漾
碎石铺就的转经路上
每一步都是虔诚的向往

你推过的经筒嘎吱作响
褶皱划破了慈祥
你心里的那只白鹤飞回
是万般吉祥的模样

我真的看见那只白鹤
在茫野里独自高歌
不是为了飞舞
只是为了重温记忆的婀娜

理塘，理塘

信仰在此起飞

也在此流浪

理塘，理塘

不是从前

也不是远方……

2020 年 10 月 23 日

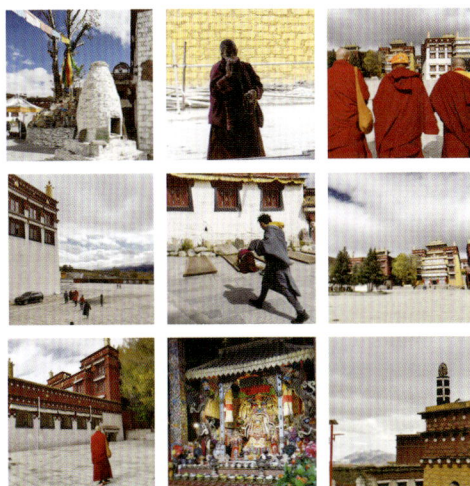

C17. 黑夜

我爱着黑夜

就如同我爱着空气

爱着沉吟

爱着淋浴

爱着呼吸

爱着攥紧拳头期望而无望的哭泣

如果黑夜能够让我迷路

我要走到路外面去

我要离开平坦的道路

离开平淡无奇

离开坚硬无趣

离开众人庸俗的轨迹

离开终结

也离开宿命般的开始

如果能够给我一个黑夜

黑夜将胜于光明

那将是我的灯光

是照亮的自我

是明亮的心径

是干净的欲望

是黑幕里无际的麦浪

和麦浪中那份被孤独照亮的清醒

2021 年 01 月 10 日

C18. 广告启示

如果工作是求生
那是生命的悲哀
如果爱好是工作
那是生命的理想

2018 年 07 月 19 日

在 798 院里，看到一个有趣的广告："我们要人你要钱，那就来看看；我们不跟你谈理想，知道你的理想是不上班。"透彻透彻！

C19. 山口

此刻
比山口更高的
是人
比人更高的
是天空
比天空更高的
是目光
比目光更高的
是敬仰

2018 年 05 月 13 日

青海，109 国道，唐古拉山口，海拔
5231 米。

C20. 悲伤

我站在浓浓的悲伤里
滴血的地方
流淌着深深的绝望

前方的晨雾
能听见陌生的歌
路标，是另一个人的悲伤

2020 年 09 月 05 日

C21. 浮城

你浮在夜空的星光里
光斑下的喧哗是梦境
一个个朦胧装饰光影
都试图遮掩理性的晨曦

你浮在兴奋的目光里
梦的里面，灯火通明
一个个光斑串在一起
都指向难言目的的路径

虚空是一门哲学
没有答案便是最终的谜底
哪一种繁华不是漂浮之物
风雨后，都是一地烂泥

我坐在飞机上掠过大地
遍地浮城，令人惶惶惊悸
哪一种忧心不是良心
落地后，只想闭上眼睛

2020 年 11 月 14 日

C22. 一切都很简单

出生很简单
一次冲动和一次偶遇

爱情很简单
一次懵懂和一次心悸

生活很简单
一次隐忍和一次勇敢

死亡很简单
一次看透和一次安眠

伟岸很简单
一次包容和一次凶狠

永恒很简单
一次喧嚣和一次孤独

2019 年 02 月 17 日

C23. 带血的征讨

山，不是罪恶的屏障
遥远，不是容忍的理由
我，只是来讨个说法
对于背叛，拿尔命来

于是，于土地
生命只是蛀虫
但是也会成为天梯

于是，于山峦
生命只是蚂蚁
但是也能成为火炬

于是，于生命的轨迹
无法后退
只能前行

于是，于战士
不是战胜
便是战死

山下是号角
山头是呼叫
许多的热血，在山下流淌
许多的灵魂，在天上飘扬

2020 年 12 月 04 日

1599 年，明朝发兵 24 万，千里征讨盘踞在海龙屯的反叛土司。

海龙屯最出名的是 36 步天梯，每步台阶高 50 厘米，对于身高 170 厘米以下的人来说，爬起相当困难。传说明军在此处阵亡 4 万。

那夜我睡不着了，心里默默地换算：4 万人除以 36 步台阶，每一步台阶，竟铺下了 1100 条生命；每个尸体平躺着，按 20 厘米厚度计算，1100 个摞起来——那是 220 米高的尸山！用 220 米高的血肉之躯，去跨越 0.5 米高的台阶，足见明军的勇气和决心。

海龙屯最终被明军攻陷，2 万杨军尽数被杀。明朝也国力消耗，从此走向衰败，44 年后被清军所灭……

C24. 一个人的高考

从此海洋是你的
我只是岸边的观望

从此阳光是你的
我只是歇息时的阴凉

从此欢笑是你的
我只是夜深时的念想

从此长路是你的
我只是路边，遗弃的行囊

我多想，收纳所有的祝福
为了你的路，都是坦途

我多想，吞尽所有的苦涩
为了你的世界，只剩下甘露

我多想，让我落进污浊的肥料里
让你的天空，鲜花垂顾

我多想，让时间就此停下来
让我，幸福地，哭

2020 年 07 月 30 日

女儿，21 个月，91 周，575 天孤独地学习；
1820 个小时的"一对一"课程，3640 个小时一
个人的战斗⋯⋯
学完了中国学校 6 年的课程，然后勇敢地
跨上了最闻名的独木桥——中国高考。

C25. 衰老无过

光斑划过

是风的婆娑

树影顾盼

是心的沉默

和遥远的年代一样一样

年轻过、成熟过、衰老过

就只剩寂寞

哼一句老歌

是青春的快乐

看一看命的尽头

远方已是灿烂的云朵

和遥远的年代一样一样

爱过、恨过、别过

就不再寂寞

岁月蹉跎

是时间的错

每一个开始

其实谜底早已说破

和遥远的年代一样一样

赢过、败过、忘记过

便可以享受寂寞

2018 年 11 月 14 日

C26. 酒

把 2001 年的粮食和水

和阳光和汗滴

和劳作和期盼

和时运和祝福

酿造成美酒

闻它

是陈年的香

观它

是灿灿的黄

所有的陌生融合在笑容里发酵

然后配合着友善

一饮豪情

月光温润

时间柔和

把不好吃的菜转走

人生就此宽容

2020 年 10 月 20 日

C27. 温暖的世界

温暖的光线
网状的树影
模糊了视觉
卷曲了心境

温暖的空气
闲暇的风景
模糊了思绪
卷曲了意志

温暖的远方
长短的距离
模糊了想象
卷曲了时间

温暖的世界
强弱的交替
模糊了界限
卷曲了意义

我们就此对视
谁也不用服谁
我们就此微笑
嘴角泄露了轻蔑

我们就此远离

你在西，我在东

我们就此各自前行

我不缺坚毅

你，也不具有温情

2021 年 03 月 22 日

C28. 我熟悉的但不属于我的

我熟悉告别
和过去
和淡忘
和不经意的思念

我熟悉盲目
和思考
和不解
和恍然间的悟道

我熟悉腐朽
和坠落
和放弃
和长出陌生的新绿

我熟悉死去
和痛苦
和欢喜
和最舒服的麻木

我熟悉你
和他
和她
和那些正失去的光华

我熟悉的一切都不属于我
和听说
和想象
和远远地眺望

2019 年 03 月 16 日

C29. 我的户外精神

不要试图挑战大地
因为每一块泥土都已经 40 亿岁了

不要试图挑战河流
因为每一滴水都能让大海变得雄壮

不要试图挑战空气
因为最廉价的东西往往最珍贵

不要试图挑战自己
因为你的每一个决定都是基于对自己的妥协

我从来不想踏上高山
我只想把自己踩在脚下

2020 年 10 月 31 日

C30. 无题

雄枝和伟叶
需要一个理由
以便折断和腐朽

日出和日落
需要一个梦想
以便相互追逐

成长和死亡
一个在安眠
一个在路上

其实梦想就是结局
是和结局的一次
贪婪的对望

2020 年 08 月 03 日

大雨之后，简单地视察了一下我的城市……

C31. 樱花坠落

最灿烂的
是你在空中的飞舞
和你毅然的俯冲

你的灿烂
只是为了短暂的飞舞
和最后的坠落

最后的你
是飘落的人间
最灿烂的天空

2019 年 04 月 06 日

C32. 秋天的音调

秋天的音调
不是萧条
只是少了些流水的温和
没了花的俊俏

秋天的音调
不是风的叫嚣
比风坚硬的有岩石
比落叶坚强的有树梢

秋天的音调
不是狂躁
收一注窗前的暖阳
浸入茶香，温温的正好

秋天的音调
其实满是骄傲
凛冽也好，沙尘也好
都是我乐得的罪孽，与微笑

2018 年 12 月 09 日

C33. 藏王墓

三十岁的松赞干布，你就躺在那里

你的头发从此整齐，不再有风的扰乱
你的面颊从此光洁，不再满是沧桑
你的目光从此柔和，不再泄出怒火
你的心，从此平静，不再梦想如天

三十岁的松赞干布，你就躺在那里

你的臂膀已经顺从，不再有力量和狂野
你的喉管已经干涩，不再有豪迈和誓言
你的眼眶已经塌陷，不再有坚毅和隐忍
你的脚步已经停歇，不再有愿望和疆土

三十岁的松赞干布，你就躺在那里

你的理想已经模糊，不再有青春的负累
你的思考苍白如纸，不再有雄才和诡计
你的妻子们也躺下了，不再相互争夺爱情
你的微笑已经固定，是宽容自己和嘲笑无奈

三十岁的松赞干布，你就躺在那里
在一千五百年后的这个混沌如初的下午

我们一起观看时间有序地降临
我们一起仰望天空，看飞霞也看流云
我们一生的对手，最终只剩下我们自己
所有的理想，最终只为了用来铭记

三十岁的松赞干布，你就躺在那里吧
一千五百年，和再过一千五百年的那个下午的
我的眼眸里

让我们一起，把往事变成传说
让我们一起，让文字化作沉默
让我们一起，用死为这个世界布下最后的迷局
我们的一生只属于三个人
一个是祖先
一个是爱人
一个，是后人

2018 年 05 月 28 日

已是第三次到这里，就让思想懒懒地爬行一
会儿。

C34. 我们

我们舒适着却没有闲暇
我们痛苦着却没有挣扎

我们听从着却没有臣服
我们前行着却没有进步

我们平安着却没有和平
我们亲昵着却没有亲近

我们聪明着却没有智慧
我们欢笑着却没有幸福

2020 年 05 月 27 日

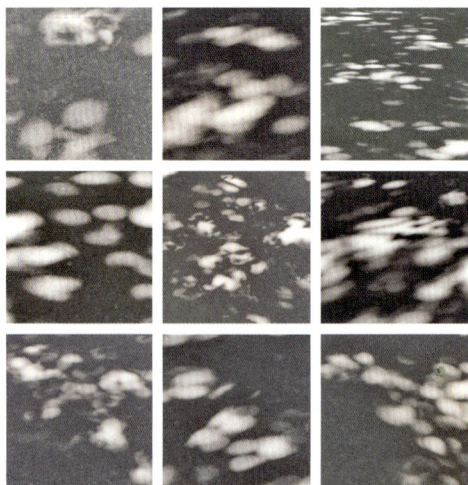

C35. 寄存孤寂

小店
一些杂乱
一些平淡
一些安然

人生没有难题
只是瞬间的孤寂
静静地沉入它、享受它
少顷，会有些许惊喜

一杯咖啡
一碟甜点
一道沙拉
就收纳了你

2018 年 07 月 06 日

累了，走进马六甲的一家小店。

C36. 丰碑

只有孤独的
才是丰碑
只有远来的
才是缅怀
只有遗落的
才有价值
只有肃穆的
才有魂在

2020 年 11 月 08 日

贵州习水青杠坡战斗纪念碑。

1935 年红军长征途中，原打算围歼尾追部队，却发现敌人越打越多，2 平方公里的战场，双方各损兵 3000，红军只能撤出战斗，之后导引出毛泽东"四渡赤水"的精彩乐章。

C37. 感恩节的欢乐颂

能够站在阳光里的人
才富有
能够站在欢乐里的人
才富有
能够站在自由里的人
才富有
能够站在祝福里的人
才富有

能够站在平和里的人
才富有
能够站在思考里的人
才富有
能够站在自省里的人
才富有
能够站在眺望里的人
才富有

我们是每一个人的相遇
和路过
我们是每一个人的熟悉
和陌生
我们是每一个人的现实
和幻想

我们也是每一个人的希望
和绝望

我们是每一个人的朋友
和对手
我们是每一个人的营养
和弃物
我们是每一个人的审判
和救赎
我们也是每一个人的记忆
和遗忘

在世界完结之时
善和恶终将面对
痛苦和快乐终将综合
智慧和愚蠢终将平起平坐
开启和终结，终将终了

那个时候
你还会在我的怀里惶恐吗
你还会在我的对面妒忌吗
你还会把愤怒泼洒到天空吗
你还会把疑惑挂在脸上吗

当那天到来的时候

我会如雪融的暖春般开心地释然

我会如褪色的花布般朴实地倦懒

我会如磨损的锄头般憨厚地诚实

我也会，如收获的稻田般知足地欢乐

2020 年 11 月 26 日

C38. 末路英雄

一个人宿命般的死亡
为可可西里的藏羚羊赢得了生息之地
这个人
叫索南达杰

是的
一切都是宿命

1994 年 1 月
你最后一次进入可可西里
你破天荒地跟县长借了一把七七式手枪
又跟公安局借了把冲锋枪
和一把生了锈的五四式手枪

随后几天，你们抓获了几十名盗猎者
缴获了二十多支土枪和几千发子弹
为了送一个受伤的盗猎者和另外两名肺水肿的
盗猎者去格尔木医治
你把少得可怜的队员分开

盗猎者们壮得像牦牛
轻易地摆平了仅有的两个持枪守卫
他们红着眼睛找出被收缴的武器
重新武装了起来，等着你们回来

那天的夕阳并不灿烂
昏暗的旷野泥土松软
你迎着自己的宿命走来
迎着这些红着的眼睛和随时准备喷出的子弹

你最后的一句话是
"哦，是的，太大意了。"

枪响的时候
你试图像藏羚羊般跳跃躲闪
但所有汽车的大灯打开
夜空，像天堂一样透亮

盗猎者们的手中枪弹齐射
一场狂风般的喧嚣
你跪卧在地上
定格在荒野的中央
手里举着
那把卡了壳的
生锈的五四手枪

几天后
来救援的人看了说
即便死了
你也令人胆寒

你和单位的人关系并不好
你没有几个真正的下属
你老婆都不知道你的工作到底是分管啥
你用三个员工的工资垫付了这次行动的汽油费
你脾气很大，会劈头盖脸地骂人
站在草原上，你更像个牧民
没人知道你是个不受待见的副书记

但你是个英雄
没有出路
也没有退路的
我的末路英雄

你的墓碑
立在昆仑山口
那里
是脊梁

有花
有酒
有陌生人的
流泪的敬仰

2018 年 05 月 14 日

　　索南达杰的墓碑竖立在昆仑山口，简
朴，有路人用酒供奉。一种心情在心头隐
忍了多日，才得以抒发。

C39. 烈士

不要说那些人死了
他们活着
只是
你感受不到他

2019 年 05 月 22 日

C40. 周末的黄昏在路上

天光正在暗淡

脚步开始匆忙

每一个去向都对应着一个信仰

家

爱人

和一段儿女情长

路灯正在点亮

树影悬在头上

多少温馨装满了楼群的轮廓

一盏温酒

几盘简菜

和一家人渐高的声浪

初冬弥漫了惆怅

尾灯闪烁光芒

来回并线好似攻防的战场

多超一辆车

就多一个奖赏

喜悦掩盖了鲁莽

2020 年 11 月 30 日

C41. 仙市古镇

没有惋惜
倒是有些幸灾乐祸
看它依着大河淫溢
看它在现代窒息

想想曾经
繁华熙攘
庙宇花房
曾经的豪餐烈酒
酒肆赌场

都还在都还在
屋舍还在，虽然已经歪斜
街巷还在，虽然难掩衰败
烟香还在，虽然混合了霉味
足印还在，虽然已被青苔覆盖

也是也是
有了公路
河流的价值只是风景
有了都市
乡村的价值只是怀旧

我看我看
仙市的仙气已散
街巷弥漫稀碎的慌张
寂寞的榕树根茎顽强
历史的尽头遍地忧伤

2020 年 11 月 07 日

自贡仙市古镇，1400 年前"因盐设镇"。依靠釜溪河，自贡井盐经此入沱江，进长江，仙市便有"中国盐运第一镇"之称。

C42. 奢谈艺术

以为目光的含义叫赞许
却不知有一种目光叫鄙视
以为存在的意义叫伫立
却不知有一种存在叫垃圾

以为心扉是可以敞开的
却不慎露出了胸毛
以为世界都是傻子
所以露出了嘴角的轻视

艺术可以没有工艺
但是不能没有感动
作品可以没有灵感
但是不能无端地丑陋

人可以没有才华
但是不能拥俗自持
人可以没有勇敢
但是不能凭空无耻

人可以没有思考
但是不能没有自律
人可以没有底裤
但是不能没有底线

收手吧
所有没有灵感的灵感
收手吧
所有没有表达的表达
收手吧
所有没有痛楚的泪水
收手吧
所有没有责任的呐喊

唉
我也真是的
一认真，就露出了愤怒
一开口，就砸人饭碗

2020 年 10 月 18 日

C43. 无觉

暮霭依依

模糊了光影

秋风习习

扫荡了翠绿

车轮滚滚

碾压了红尘

心意邈邈

看淡了路径

你说事业很重要吗

还是我们一起浑浑噩噩

你说快乐很重要吗

还是我们一起流泪高歌

你说真诚很重要吗

还是我们一起拍拍胸膛

你说善良很重要吗

还是我们一起在委屈前沉默

有路灯的地方

没有星辰

有欲望的地方

没有灵魂

有都市的地方

没有清净

有怨恨的地方

没有觉醒

黄昏

大概只在远方洒下细碎残阳

我们

也许还会在心里充满阳光

求一个欢颜

请存一个善念

多少迷途

只在尽头翻卷

2020 年 11 月 20 日

C44. 请把自己放在手中

一根火柴
就是你的
一个念的
闪烁

一盏烛灯
就是你的
一次心的
豁然

没有疑惑
让你行走
没有陌生
让你冷漠
在每一个心灵至暗的时刻
请欢喜
在每一次犹豫踌躇的时刻
请淡定

把自己放在自己手中
沉溺于舞蹈
看孤独的自己

是否尽情
优美或疯狂
跌撞或舒扬
流泪或快乐
疼痛或陶醉

2019 年 08 月 16 日

C45. 我在北京的黄昏里

天空
飘着诗意的晚霞
月影
悬着淡淡的牵挂
寒风
伸不出瑟瑟的手
脚步
在石板上从容地嘀嗒

我在北京的黄昏里
心里装着要对世界说的话

夕阳很美

我想留住它

亲人遥远

是否共一个晚霞

风的味道很甜

我想装满我的胸膛

和平珍贵

我想，收藏它

2020 年 12 月 10 日

C46. 无乐的永乐

永乐
其实你并不快乐
你只是以为世间存在永乐
便永久地期待了

你被最好地照料着
如同被软禁
你被最崇高地敬仰着
如同被献祭
你被最严格地禁止着
如同犯错的孩童
你就静静地站在世外
如同苟且

你觉得如此的偷生有意思吗
还是
应该有一次
涅槃的抗争

永乐
其实你并不快乐
从你建成的那一刻起
你便从未永乐

每一个烈日
都把专横当作善良
泼你个
一塌糊涂

你站得尴尬
如同被脱去了外衣
你还要感恩叩谢
因为皇上又赏了一件新衣
纵使你再豪气
试图做一个耸立的游魂

离开了炊烟缠绕的村庄你就死了
离开了呆滞目光的浸泡你就死了
离开了撕心裂肺的朝拜你就死了
离开了噗噗起尘的虔诚你就死了
你有什么永乐可言

你无疑是死了
当你被割裂成一砖一瓦
你的气血已断
即便再次拼凑得完美
也只是华丽的尸块

我不知道
你是否需要最后的一丝尊严
哪怕
是无悔的坍塌

走在雄伟的殿堂旁
我如同走在荒漠
看着华丽的红墙彩瓦
我如同看了一场荒诞不经

我无法用赞美
换得你的解脱

2021 年 08 月 12 日

永乐宫，因坐落在永乐镇才名其永乐。

元代，丘处机面见成吉思汗，相互利用，交谈甚欢。道教有了免税的特权，于是财富聚集，永乐宫始建。工期跨越110年。

1959年因为建设三门峡水库，国家拨款200万将永乐宫拆成一砖一瓦，异地拼凑还原。然水库建成后，水并未淹到原址，原因是计算错误。

一场徒劳，使永乐宫扬名天下，得到了最好的保护，也躲过了"文革"风暴。

C47. 留言

于荒野
风
是留言

于森林
路
是留言

于穿越者
忍耐
是留言

于这些在极寒的路上奔跑的小狗
欢乐
是留言

于远来的我们
荒野
没有恐惧

于奔跑的我们
森林
没有规矩

于好奇的我们
记忆
没有目的

于这片山林
我说
留下的是会融化的脚印

2017 年 03 月 11 日

　　安克雷奇至诺姆赛段上的公共小屋，专供
赛手们中途躲风休息的地方。留言册从 2007 年
3 月 10 日启用，从未留下过中国人的字迹。

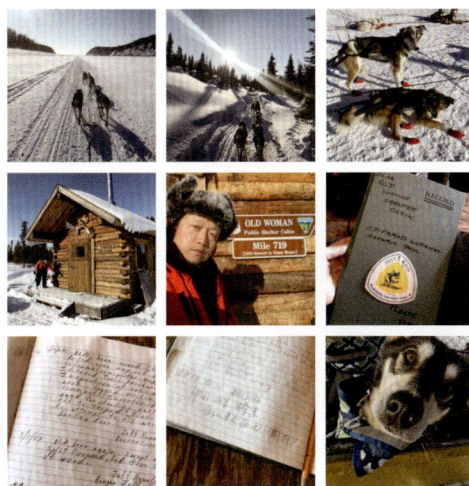

C48. 尊严是一种特权

有的人平静地迎接衰老
可是还有很多的人不

有的人微笑地面对病痛
可是还有很多的人不

有的人用勤劳挑战疾苦
可是还有很多的人不

有的人用陶醉享受严寒和酷暑
可是还有很多的人不

尊严是一种特权
不是人人都能享有

2021 年 01 月 17 日

C49. 任一个秋天

天寒了
风来了
阳光也开始冰凉

人困了
眼顿了
心也开始沉沦

出发了
脚崴了
路途也开始艰涩

看到了
停下了
远方也开始疑惑

我悲伤地坐在你的阴影里
任时间煎熬
看情绪溺亡

我固执地站在你目光的旷野里
任寒风渐起
衣衫飞扬

2019 年 09 月 20 日

C50. 告诉孩子们

当鸟儿在原野的上空鸣叫
寒风却在遥远的地方咆哮
彩云和鲜花是你的玩伴
却装点不了你生命的寂寥

当故乡在你的眼中变得缥缈
心却在灵魂的深处狂跳
青草和炊烟是你的童年
却抗拒不了都市的喧嚣

你需要一把火
让年轻燃烧
你需要走出去
让命运拥有它的青春年少

你不懂的是
你不属于一座山和一片海
你不懂的是
你不属于一个家庭和一个血脉
你不懂的是
你甚至不属于一片天空和一片国土
你应该懂得
你只属于时间标注的那个年代

路途的遥远不再能够限制思想
思想的差异不再能够限制想象
想象的距离不再能够限制微笑
微笑，是你我间最透彻的沟通

此刻我就站在你的面前
欣赏你的灿烂

你的灿烂笑容
是我的一次心疼
一次感动
一次认同
一次懵懂

安分不属于青春
知足不属于青春
低头不属于青春
宽恕不属于青春

2018 年 09 月 02 日

C51. 其实，什么都没有

没有带刺，就没有玫瑰
没有冷峻，就没有雪花
没有黑夜，就没有星辰
没有想象，就没有繁华

没有嘈杂，就没有安静
没有战争，就没有和平
没有真理，就没有思考
没有遗落，就没有追寻

没有驻足，就没有远行
没有伤心，就没有亲昵
没有疑惑，就没有透彻
没有痛苦，就没有生命

没有欣赏
其实，就什么都没有

2020 年 11 月 16 日

C52. 云说

有一天
天晴如洗
地热得无奈
人蔫得无奈
因为太阳来了

太阳说
天空的上面是云海
天空的下面是雾霾
人们总是把理想放在上头
把陶醉放在下头
可是
灵魂和享乐
各有各的自嗨

有一天
浓云塌陷
天潮得无奈
人淋得无奈
因为雨来了

雨说
雨的上面是晴朗
雨的下面是汪洋
人们总是敬仰着上面

畏惧着下面
可是
天地有界
各有各的存在

有一天
人潮拥挤
天被挤得无奈
地被踩得无奈
因为人来了

人说
人的上面是虚空
人的下面是实在
人们总是把虚空想得太美
把实在看成没有情怀
可是
人间不是炼狱
活着不是修炼

有一天
大地漆黑
云昏沉得无奈
人迷惑得无奈
因为夜来了

夜说
夜的上面很空旷
夜的下面很坎坷
人们总是看着上面想下面
看着下面想上面
可是
上面不是天堂
下面也不是地狱

2020 年 12 月 07 日

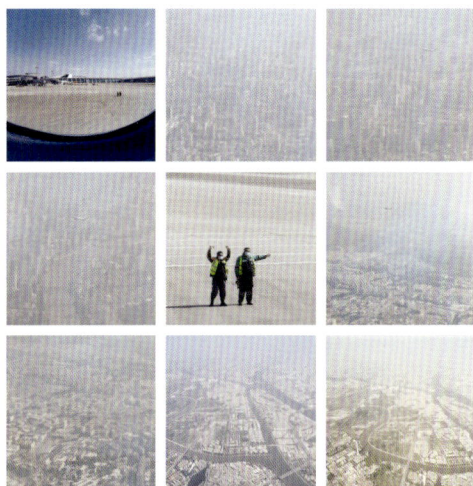

C53. 离开

黄昏是最没有存在感的时刻
光影飘离
视线飘移
心情飘零
仿佛生命，也在游离

可是幽暗不是一条最正常的路吗
看不清归属
看不见所终
看不懂泥泞
仿佛光亮，只是黑暗的光影

可是为什么我们要把人生幻想成彩色
你不需要喝彩
我不需要花衣
思想不需要喧闹
灵魂只是，寂寞的黑白色的嶙峋

可是为什么我们不能做一次悄然的离开
把一个空间完整地腾让出来
多少仁慈
多少深爱
离开竟是，一种最深刻的存在

2021.02.21

C54. 化学反应

被女儿怼一下
是化学的"置换反应"

朵朵怒火瞬时成了丝丝的甜
然后
还贱不喽嗖地
期待着下一句……

2020 年 09 月 19 日

C55. 我们无数次地告诫自己

我们无数次地听说

智慧止于贪婪

从容止于妄念

高贵止于情长

善良止于木然

我们也无数次地说

谨慎是聪慧的

微笑是坚定的

思考是有价值的

糊涂是豁达的

我们无数次地告诫自己

你从未了然过

你也从未清醒过

你从未富有过

你也从未安宁过

我们也无数次地

用香烟点燃了遥远

用叹息了结了哀怨

用睡眠翻越了时空

用简单做出最终的遴选

2021 年 11 月 30 日

C56. 思念

日西沉
天光熄灭
昏昏的倦色
心意的消弭

路空旷
繁华尽散
人们在街上穿行
争相扮演着过客

看不清
雾是什么
目光变得诱人
也扑朔得迷离

遥望着
你的远方
暴雨还是飘雪
同样是辽阔的旷野

静谧里
我的灯下
留一行简单的文字
思念无涯

2019 年 04 月 13 日

C57. 对黄兮作品的理解

我不想说什么社会
我不想说什么人
我不想说他们做出的狗屁事情
我也不想说是什么无名地触动了我

黄兮的作品
找到了一种语汇
能够抽象出事物的灵魂
从而拯救了世界的平庸

或举起酒杯
去完成一次对自己的悼念
或挣脱枯萎
不论飞翔，还是孤傲

我们就是这样的人
我们可以糟蹋自己的灵魂
但不能出卖
我们可以丑陋
但要飞翔的自由
我们可以孤独
但要站在痛苦的上头
我们可以走向覆灭
但要不屈地昂首

我喜欢
在简单事物中的
复杂的美

2019 年 06 月 07 日

C58. 要对新年说一句相聚或别离

你静静地站在那里
等待着与我的别离
365 天，走走停停
竟然只是时间的游戏

我们在春天手捧鲜花
我们在盛夏嗅着果香
我们在秋天踏碎了幽怨
现在是冬天了，两手空白

每一次相聚
都像是正在进行的别离
每一次别离
都像是已经结束的相聚

你静静地站在那里
等待着和我的相遇
已经等了一千年了
你和我都不曾犹疑

新花铺在路上了吗

新树可以采摘了吗

新愁从此破碎了吗

还有还有，我准备好了新梦，和勤劳的手

每一次相聚

都像是正在进行的别离

每一次别离

都像是已经结束的相聚

2020 年 01 月 01 日

C59. 喜悦

初秋也是花季
愉悦在空气中飘逸
笑容满眼

初秋也是灿烂
果实在叶片后面摇曳
沉甸满怀

你
是一次初醒
的喜悦

你
是一个结论
的期待

你
是一个珍藏
的理由

你
是一次激动
的感慨

我端着咖啡

浓香

弥漫

阳光

铺陈在路上

温柔地延向未来

2019 年 09 月 16 日

C60. 可可西里印象

一句美丽太简单
一句艰辛太简单
一句天空很近太简单
一句地广人稀太简单

可可西里
一生必来之地

阳光中的飞雪
亮得晶莹
风止时的河水
静得耳鸣

可可西里
创世纪的景象

看流云和天光一起翻飞
看土壤和碎石向史前漫卷
看贴地的青苔表达生欲
也看动物们在风雨中读懂自己的宿命

可可西里
极度简化的世界

一切尚未开始的宇宙洪荒
一切都已结束的末日景象
每一个足印都不被大地收纳
人，是过往的行侠

可可西里
是天堂，也是炼狱

一句生灵各有各的活法，太简单
一句我看懂了，太简单
一句我本疑惑，太简单
一句我会再来，太简单

2017 年 06 月 27 日

C61. 路况报告二

生命中
有许多幸运的错过
和
遗憾的相遇

有的时候
相遇是一种错过
而告别
是一种重逢

车流载满了七彩的欲望
奔波起来无问东西
这是世界的最终归宿
或者相撞，或者逃离

我的逃离
是还一个空间给你
我的靠近
是替世界，唤醒你

2020 年 10 月 25 日

C62. 最遥远的坟茔

宁静得，只听见尘埃飘落
简单得，只看见人间黑白
乌云背后，是刺眼的光彩
石阶上，乡音只从远方传来

是的
我们来了
来到这个冷清到被遗忘的
和平的角落

这里，曾经是战士热血的操场
这里，曾经是战士简陋的食堂
这里，是战士永生的营房
这里，是战士，最后遥望家乡的地方

是的
我们来了
来兑现一次迟到了 68 年的倾听
他们说

我们，曾经是最嘹亮的军歌
我们，曾经年轻，生命来过
我们，曾经是脊梁，不接受恐吓
我们，在祖国面前，没得选择

是的

我们来了

来找寻那些硝烟中

褪了色的身影

那年，他们穿着单衣过河

那年，他们含着炒面冲锋

那年，他们迎着肆虐的炮火

那年，他们英勇地，覆没

是的

我们来了

看时间巍峨

看记忆残破

看他们列队，再一次集合

看他们整齐，无人缺额

看他们庄严，以年轻作为承诺

看他们紧闭双唇，却唱出我们民族……永远的悲歌

是的

我们来了

我们不是祖国的慰问

我们，是满怀了愧疚的敬仰

你们，挺拔的肃穆

你们，凝固的匍匐

你们，坚强的沉默

你们，忍住了泪水的……无声的……痛哭

2020 年 05 月 16 日

　　从来没有一个陵园让我感到如此亲切，同时又如此痛楚。眼泪噙不住。朝鲜，志愿军总部陵园，三百多位在总部附近牺牲的烈士，在此列队。很多是汽车兵。我把他们的每一块墓碑都拍下来了，上面的名字清晰，我想把他们带回国去。其中包括毛岸英。

C63. 莫兰迪

一个没有经历过爱情的人
艺术是他的亲人
他内心枯涩
骇人的寂静

经历了寂静
哪里还需要爱情
四季已经足够的浮华
哪里还需要那么多的惊喜

经历了简约
哪里还需要繁花似锦
眼前已经足够的喧嚣
清冷的目光瞬间穿透了温情

经历了心灵

哪里还需要物欲

快乐请用寂寞去厮守

那份高雅的平凡，包裹了唏嘘

2019 年 03 月 30 日

　　莫兰迪的画，寡淡到没有任何欲望。像是一次昏昏的坐禅，一次懒懒的诵经。它展示了世界的另一面：有趣的无趣。

C64. 是也不是

你是鸽子
自由
是你的辛劳

你是大树
成长
是你的挣扎

你是太阳
光芒
是你的消亡

你是上天
包容
是你的无奈

你是海洋
湛蓝
是你的疑惑

你是月夜
温润
是你的孤独

你是鲜花

灿烂

是你的死亡

你是孩提

酣睡

是你在领回虚空中的自我

2019 年 03 月 20 日

C65. 家的味道
—— 忆苏州网师园

花间小径
碧水长庭
房前嫩竹
屋顶斜阳

在秋天的风里和心情纠缠
树影婆娑
记忆的视线
只在水面躲闪

墙角的花草
只在美好的日子里发芽
最满意的地方
是因为，有家的味道

2018 年 11 月 12 日

诗 集 D

COLLECTION OF POEMS　D

D01. 一个人的路

所有的路
都是一个人的行走
上坡和下坡
枯燥和寂寥

所有的日子
都是一个人的度过
吃饭和睡觉
想象和沉默

所有的思念
都是一个人的陶醉
甜蜜和痛苦
缠绵和黯然

所有的平静
都是一个人的领悟
看了和懂了
笑了和过了

2020 年 05 月 06 日

D02. 永兴岛

在漂浮的岛上安个家
淡漠了人间浮华
平静的日子是海的滋味
放大了生命的闲暇

在荒芜的岛上安个家
忽略了春秋冬夏
年轻一点点从脸上飘逝
我已经看到了你前额的晚霞

在寂寞的岛上安个家
度过了岁月风华
生存和繁衍的全部意义
只在未来，才会被珍视，被放大

2019 年 04 月 17 日

　　他们是平民。但是，只要他们站在这里，他们都是英雄，因为他们的脚下，是国家的疆土。如今他们一无所有，可我们的子孙，却因此而拥有辽阔……

D03. 老茶寂寞

因为这泡茶
我被拖回到 1920 年

1920 年
中国爆发了直皖战争
陈独秀主持起草了《中国共产党宣言》
我爷爷大概中学毕业了
1920 年
云南不知名的山上
一簇茶树长出了绿芽

1920 年的一个清晨
它告别了露珠落入拥挤的竹篮
1920 年的一个午后
它在热火里伸缩翻卷
1920 年的一个傍晚
它被碾压固化出青涩的骨架
1920 年的一个深夜
它因醇香而被隐匿悄藏

然后

是 100 年固执的寂寞

也许是珍藏

也许是遗忘

也许是红装

也许是流浪

100 年间我不知道它去过哪里

也许随了风

也许随了云

也许随了灵魂

也许随了尘

我只知道 100 年间的任何一次幸或不幸

都是它的毁灭

不曾料想 100 年的时间跨度

多少次的隐忍

多少次的期许

在今天的这里

做了了结

古镇南疆，余晖金黄

新朋旧友，聊性酣畅

于是它来了

是最隆重的登场

入口的仓气如时间成熟的苍老

堆积了风月残云

寂寞

磨灭了它一生的霸气

汤色是平和的记忆的晚霞

淡了苦涩

也淡了浓香

老茶

忍得了寂寞才能获得赞美

2021 年 10 月 11 日

　　腾冲，和顺柏联。会议间隙，刘湘云总拿出了一泡珍藏。她手下的人立即散去，因为太珍贵了，大家刻意留给我们。

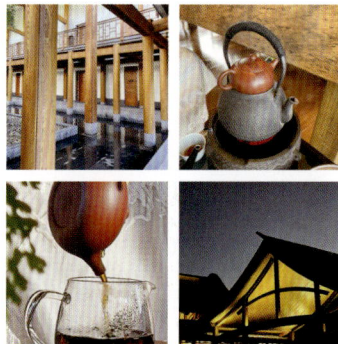

D04. 雪来了

雪来了
是春天的味道
它掩了衰老的落叶
也遮了曾经的花香

雪来了
是年轻的味道
它端着柔和的冷漠
绽放酷酷的狂躁

雪来了
是宽容的味道
它丢了迷炫的过往
只珍藏简单的洁白

雪来了
是陶醉的味道
它从天堂飘落
放肆地在世间舞蹈

2020 年 01 月 06 日

D05. 我们之间太熟悉

我们之间的熟悉很简单

你是我的根芽
是叶子
是果实
也是腐朽

你从我的出生
到成长
到死亡
和死亡后的灰烬

你都看着
介入着
决定着
和蔑视着

你从来都是冷冷的
远远的
静静的
和坦坦的

哦，我们之间，是如此的熟悉

2019 年 12 月 19 日

D06. 新装里的旧裳

清的小城
净的树梢
闲的街巷
淡的味道

可以随意过马路
可以把车停在路的中央
警察也会瞪瞪你
你，就眨眨眼
坦然忽略

放学的孩子
跳过界线
在旧址的门前追跑打闹
一场人生戏耍
竟如此欢快地初演

可是
戏剧从来都是残酷的
那些演出者的人生
和他们扮演的人生

可是
戏剧从来就没有真相
揭开面纱后
仍是带血的面孔

可是
戏剧从来都是演绎
演绎了剧中人
也演绎了他们自己

可是
我们还是需要戏剧
让我们有机会跨越历史
穿上皇帝的新衣

中国戏剧的百年
是戏剧性的百年
从野仔到风华少爷
从宠臣到啼血更夫

站在戏剧摇篮的门前
我试图寻找当年那些稚嫩的少年
浴火而生
溺水不亡

中国戏剧的摇篮
城市新装里的旧裳
你静静地坐在工地旁
保持了红砖褐瓦
你孤独而绝望
守着内心的倔强

2020 年 11 月 19 日

　　高速路上行至四川江安县，"国立剧专旧址"的路标赫然，由于家父曾就读南京的"国立剧专"，心中亲近感油然而生，于是打把下路，冲将过去，看看。

D07. 死了以后

风死了之后
云不再舞蹈
人不再屏息

云死了之后
人不再想象
风不再狂躁

人死了之后
风不再喊叫
云不再逍遥

风死了云死了人死了以后
喊叫死了
舞蹈死了
想象，也死了

2019 年 12 月 15 日

D08. 儿时的胡同

如同把整条胡同炒了一遍
谁家的味道
从东头，弥漫到西头

如同整条胡同住的都是亲戚
朴实的寒暄
从东头，招呼到西头

如同整条胡同住的都是曾经的同学
记忆的涌动
从东头，浸湿到西头

如同整条胡同都是陌生
归来的脚步
从东头，迟疑到西头

2020 年 01 月 09 日

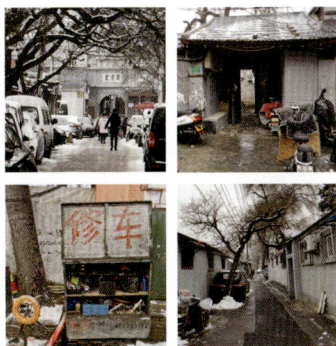

D09. 贱贱的爸爸

你站在淡淡的夜里
黑暗便散发出吸引
你随便看我一眼
我的坚韧就化成温水

存在手机里的微笑
是最柔软的钢刀
你随便说句什么
我的每一条皱纹，都深情款款

你的桌子就是一个小垃圾堆呀
掩埋了我的信仰
你说杂乱其实很美
舍得乱堆乱放，家才有意义

我把你当作一生的喜爱
和自我完美的幻觉
和无法释放的责任
和幸福感的源泉

是不是每一个贱贱的爸爸都这样
堆着笑，咧着嘴，屁颠屁颠
可是可是，我不一样
我有胡子初长成

2020 年 11 月 05 日

D10. 春天傻白甜

春天来了
树木收起了悲伤

桃花开了
淡忘了寒风的凄凉

我们笑了
送给冬天一个原谅

时间老了
像水一样无知地流淌

2019 年 03 月 21 日

D11. 冬至

冬天来了
叶就没了
衣就厚了
心就凉了

冬天来了
世界爽了
风也冽了
心就需要温暖了

冬天真的来了
繁华真的伤了
我们真的期待了
心，就开始泣血了

冬天真的来了
但它也正走了
大地真的冰冻了
麦子也悄悄地发芽了
我们真的忍受了
痛苦也变得习惯了
我们真的老了
心，也真的坚强了

爱人

你还在我的怀里吗

孩子

你还需要入眠的童话吗

如果我们真的无惧幻灭

我们就可以一起守望春雪

当风真的吹起了雪花

心，就真的飘起来了

2020 年 12 月 22 日

D12. 最短的是风景

夜里的小猫
知道你超级可爱
但是也没必要这样懒吧

早上的飞机
知道你不会晚点
但是也没必要这样萌吧

行走的东哥
知道你喜欢户外
但是也没必要这样虐吧

晴空的朗月
知道你孑然皓白
但是也没必要这样傲吧

辉煌的霞光
知道你寸缕如金
但是也没必要这样短吧

世界上

最长的是思念

最短的是风景

最贫贱的是嘻嘻哈哈

最珍贵的是注目遥望

2020 年 12 月 01 日

D13. 没有规律

诗人，只是习惯性地记录灵感
哲人，只是习惯性地反向归纳
工匠，只是习惯性地干熟悉的活儿
于是一切一切，或被理解或被忽略

好人，只是习惯性地做了该做的事情
坏人，只是习惯性地做了想做的事情
季节，只是习惯性地顺势轮转
于是一切一切，或被容忍或被期盼

宇宙没有法则
有的只是无法猜透的偶然
世间没有规律
规律的实质是不变

我们在同一个时间段里走过人间
相遇是各自的前缘
或扮演好人，或扮演坏人
我们都是对方的恩怨

我们踏入人间的同一个平面
宿命是各自的承担
或扮演诗人，或扮演工匠
我们是对方的仰望和俯瞰

2020 年 12 月 14 日

D14. 历史为什么会在这个山沟里书写

荒山，断路，险桥
腥风，弹雨，尖叫
饿汉，残兵，破枪
万里行，天助我也

写字，读书，阔论
锄耕，纺纱，闲聊
粗砖，旧柱，寒窑
风流信步，我也逍遥

山高，难阻，水长
偏居，心存，梦想
派一路，天兵神将
拼他个，浴血残阳

2020 年 09 月 23 日

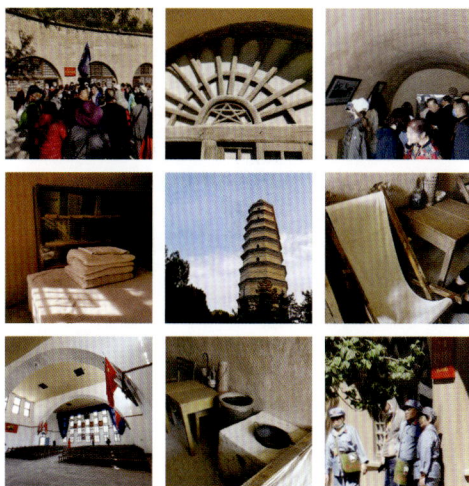

D15. 秋天的昏睡

想在这个混沌世界里昏睡
梦，是它最后的余晖

阳光远离了秋天的硕果
心情，飘坠飘坠

日子其实就是这样的凄美
灿烂之后就是疲劳赘累

仿佛一切一切的失去得到
全都，无关所谓

2018 年 11 月 15 日

D16. 每一个人

滚过的不仅有车轮
还有时间
余下的不仅有灰尘
还有记忆
逝去的不仅有面孔
还有凝视
每一个人
都是费解的偶然

经历的不仅有故事
也有思考
感慨的不仅有情绪
也有无奈
成就的不仅有硕果
也有腐败
每一个人
都是沉默的告白

2019 年 12 月 18 日

D17. 我们抗拒的和无力抗拒的

在这个世界上
我们不断走远
从柔弱走向强壮
从茂盛走向凋零
从青涩走向睿智
从仰望走向俯视
从涌动走向安静
也从豪迈走向平凡

总以为天空住着神灵
日冕环绕
它愤怒着，慈悲着
惩罚着，拯救着
走近之后才发现
那个神灵就是我们自己
是那个未来的自己
正在指挥着从前的自己

多想看清自己的脸
却觉得现实的不如梦里的清俐
我读不懂自己的笑容
也记不住曾经的惶恐
走过了许多，期待了许多
相遇了许多，错过了许多
抓住了许多，遗漏了许多
最终发现

自己竟是那个最容易被忽略的人

人生是一次仅仅一百米的奔跑
一咬牙就冲到了终点
一恍惚就错过了欢呼
一高兴就遗忘了目的
终点迎接你的没有别人
还是梦中的那个自己
他痛惜地看着满头大汗的你
一转身，朝他的前方跑去

你是你的神
你是你的路
你是你的荣耀
你是你的艰辛
你是你的欢笑
你是你的嘲笑
你是你的目的
你是你的报应

你是你的老师
你是你的对手
你是你的同伴
你是你的恶魔
你是你的善根
你是你的觉醒

你是你的护卫
你也是你的惭愧

你从来没有战胜过别人
你只战胜过你自己
啊不
你从来没有战胜过自己
你只是服从了自己
你每天不停地征战
只为有一天能够征服自己
你知道一切的拥有终将失去
于是一生，只为心而战

点一堆温暖的篝火
聚集了疲惫的人群
满身伤痛
没有对错

人群唱起了天边的歌
歌词中有可以飘扬的忧伤
那是一群不同的你
共同点燃和扮演了你的此生

他们祝福了你
也诅咒了你
他们启蒙了你

也愚昧了你

他们塑造了你

也撕裂了你

他们隆重地为你接生

也草草地埋葬了你

于灵魂，生命不是永恒

于人生，欢笑不是彩虹

于经历，勇敢不是对错

于路途，胆怯不是遗憾

于光阴，昨天不是短暂

于终点，成就不是光环

于爱人，流星不是错过

于苍穹，感慨不是答案

2019 年 07 月 26 日

D18. 成功学

每一个人
都能改变周边
只要
他能改变自己

每一个人
都能获得尊重
只要在关键的时刻
他能不饶了自己

每一个人
都能成佛
只要
他能放下自己

每一个人
都能快乐
只要
他能开心地嘲笑自己

2020 年 08 月 21 日

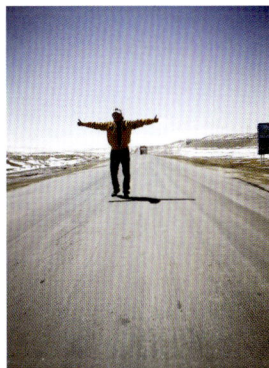

D19. 致新人

从此天空是新的
从此道路是新的
从此时间是新的
从此度过是新的

从此目光是新的
从此喜悦是新的
从此每一口呼吸是新的
从此每一口水，也是平凡的新的

从此感受是新的
从此对生活的理解是新的
从此爸妈是新的
从此付出和回报，是新的

从今天这一天开始
你们的理想是真实的
你们的责任是真实的
你们的相爱是真实的
你们的房屋和床，是真实的

新人们，你们真是美好
你们的年轻，你们的聪慧，是真实的
你们所获得的祝福是真实的
你们面对未来生活的勇敢，是真实的
你们一生的美好，是真实的

2020 年 10 月 18 日

朋友的儿子新婚大典，此为祝词。其实我很少参加这种活动，也很无措。

D20. 女儿中戏的衣裳

想知道你的一切
却不敢追问

想掺和你的一切
却只敢在远处眺望

想设计你的一切
却不想影响你的步履

想用一生祝福你
却又怕我这一生，太短……

2020 年 09 月 22 日

D21. 一个园子其实就是一场恋爱

那年空旷的回廊
已满是人浪
那年婀娜的枝蔓
已变成松墙
那年你踏过的石阶
已砌成水泥
那年你风雅的模样
已在云中消散

但是我还是能辨认出你
屋檐是你的嘴角
门框是你的眉梢
长廊是你的臂膀
高墙是你的脊梁
画窗里堆满了你年老的味道
亭轩里，是你惆怅的歌谣

一个园子
其实就是一场恋爱

是和奇松的一次偶遇
是和怪石的一次凝视
是和流水的一次眷恋
是和天井的一次张望
是和曲径的一次缠绵
是和落荷的一次思念
是和白墙的一次轻叹
是和灰瓦的一次呢喃
是和雕栏的一次抚摸
是和画柱的一次称赞
是和庭院的一次包容
是和楼阁的一次拥抱

爱上了
才学会了接纳
接纳了
才懂得了平常

看懂了看透了
人就长大了
得到了放下了
人就成熟了

当人用光阴雕刻了院落
院落也正用布局雕刻着人的性格
温润是最大的典雅
委婉是到底的透彻

一个园子
就是一场恋爱

2018 年 11 月 13 日

忆苏州拙政园。

D22. 落魄的美学

苏州的园林
一种淡定的哀怨

是富足之后的淡定
和
士不得志的
苦涩的
异样的混合

亭廊楼榭
水树花影
人世曲折
投影因果
之美
之累
成就了它的因果美学

只可惜借了风景
吐了苦水
还有多少正能量呢

颓唐间
轻风惊了竹叶
笔墨泄了心思

拙政

沧浪

网师

留园

我坐在你落魄的灵魂里

看

角楼翻卷

数

风歇云倦

2020 年 08 月 30 日

D23. 阳光里的舞蹈

你在我的阳光里起舞
满天流星没了光影
是我不该
轻易地闭上眼睛

你在我的眼睛里起舞
烦躁的心变得轻盈
是我不该
任由心成大海

你在我的心里起舞
喜爱成了依赖
是我不该
用双手捧着爱

你在我的爱情里起舞
身影化作一次青睐
是我不该
被无端的伤感掩埋

你在我的感伤里起舞

很多东西无法洗白

是我不该

把反省当作重来

2020 年 11 月 17 日

D24. 在寂寞中浮躁

不想读书
也厌倦了思考
不想工作
也疲惫了奔跑
不想说话
也拒绝了争吵
不想见人
也淡忘了拥抱

寂寞寂寞
寂寞是一种黏稠

不想音乐
也习惯了空旷
不想眺望
也少了轻狂
不想细数日月长短
也放过了匆忙
不想看尽人间冷暖
也不需要那么多的晴朗

寂寞寂寞
寂寞是一种浮躁

2021 年 12 月 17 日

D25. 怕

睡在飞翔里
梦是流云

睡在流云里
梦在飞翔

睡在黑夜里
惊醒时是空白

睡在空白里
最怕黑夜中惊醒

2020 年 08 月 31 日

D26. 凯绥·珂勒惠支

撕扯的苦难
压抑匍匐
扭曲的期冀
心死纠缠

让我和你一起歌唱
摊开双手
向魔鬼
乞讨自由

你的嗓子哑了
眼睛瞎了
你的臂膀无力反抗
佝偻的躯体惧怕阳光

昼夜只有黑和白
日子只有真实和无奈
黑，是真实的苦海
白，是无奈的掩埋

儿子死于一战
孙子死于二战
你的心也死于那个遥望和平的年代
你是一种黑色而坚硬的存在

可是我多想说

放松吧

女人不需要太多的坚强

你的线条本该明亮柔软

可是我应该说

别哭啦

我要让时代放过你

我们，让你倒下

2021 年 01 月 30 日

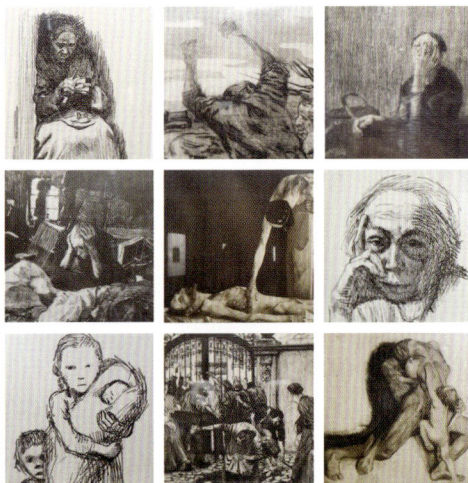

D27. 深夜还很清醒

躺在床上
才发觉
日子的尽头
是梦境
放松身体
闭目静听
风划过
天空碧净

睡在黑暗里
才知道
目光的尽头
是无际
停止搜寻
倾听心灵
花飘落
颠倒四季

活在梦里
才知觉
心的尽头
是空灵
扔掉思想
随情所欲
看人群
生是欢喜

寂静里惊醒
才了悟
思维的尽头
是清晰
淡忘了目的
任感动飘逸
有泪滴
溅了一地

2019 年 03 月 28 日

D28. 被蓝色抚摸的影子

午后懒阳
倦意初上
一抹翠蓝
抚平了半生的匆忙

说了很多
听了很多
做了很多
想了很多

错了很多
也悔了很多
哭了很多
也懂了很多

长大了
就是该衰老的时候了
欢喜了
就是该悲伤的时候了

闪亮了
就是该熄灭的时候了
深爱了
就是该怨恨的时候了

一辈子
就是光阴下的影子
因时间而生长短
因空间而变化形状

一辈子
就是光亮下的影子
有和无
你都不是开关

话语间天就黑了
茶就淡了
肚子就饿了
人也该散了

2021 年 11 月 26 日

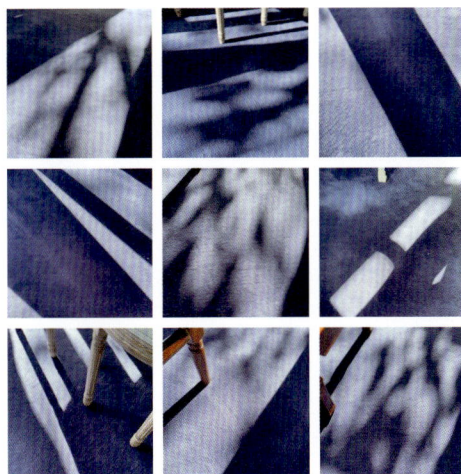

D29. 深夜飘过

听见蟋蟀无奈和肚子的咕叫
听见空调落寞和钟表的寂寥
听见被子叹息和眼皮的打架
听见心脏重锤和思想的扶摇

年轻没有遗憾，只是懊悔
年老没有懊悔，只有遗憾
这夜，我把一生的记忆
整齐叠放

经历过的事，褪尽了五彩，渺然成黑白
心丝掠过，来不及细看
那些迎面而来的，错过
和已然走远的，过错

夜深了，天寡云稀
指尖的触摸不能挽留
岁月迷失与坠落
后来我的鼾声，像在欢呼，也像哭泣

2020 年 09 月 04 日

D30. 极度奢华

不在于花很多钱
买一杯
用烤煳了的豆子
沏出来的水

不在于一定坚持
用瓷杯
而不用
纸杯

不在于一定要坐在
同一家咖啡厅的
同一张椅子上
看他们手工调制

甚至不在于
一定要同一个咖啡师
带着同样的笑容
为你精心

一堆哥伦比亚、危地马拉、尼加拉瓜，或
是埃塞俄比亚、肯尼亚之类的欠发达地区
树林里的猴子都不吃的豆子
运到了繁华都市
被一些雅致的人们精心赞美，细细品尝
其实能怎么样

对于我而言
星巴克的奢华在于
每天
能亲自开车
把女儿送到学校
然后心满意足地坐在一个无人打搅的地方
心里
极度的甘甜

这
便是极度奢华

2017 年 03 月 28 日

D31. 象雄的黄昏

仿佛国还在
只是城垣破败

仿佛金辉
就是幻灭的色彩

仿佛它是现实的存在
只是从地面升到了天上

此刻我闻到了它
只是无法触摸它的神脉

晚饭后
几个朋友在河岸的遗迹中穿行

晚霞书写
天空如经卷在我们眼前舒然展开

是无人能懂的
秘言

一只山羊
从暗幕里悄悄跟来

它一路跟随我们到酒店，要上楼进屋
咦，这可怎么办

象雄的存在
一场被幕布包裹的戏剧
灯光华丽
浓浓地卷来

一如带风的云
一如追随的羊

一如好奇的我们
一如遍地的惊讶

2018 年 08 月 25 日

D32. 南京祭日

请于 12 月 13 日 10：01 驻足……

不是为了迟到的哀悼
而是为了迟到的愤怒
不是为了迟到的同情
而是为了迟到的觉醒

当人性被兽性覆盖
我永久的仇恨永不为过
当恶行远去人性复苏
你多一次忏悔有何不可

2017 年 12 月 13 日

今天是南京大屠杀死难者国家公祭日。

D33. 不是为了死亡

我在这些故人之中穿行
读着她们的淡雅
时间不曾流淌
只是
我一脸的惊诧

残缺是一种完美
除了冗余的堆砌
只留精髓
如同灵魂一般

守住一种凄美
就是存在的价值
仿佛它们生来
就是为了破碎
……
而不是为了死亡

2021 年 10 月 24 日

　　青州造像，石刻精品，出土时已全部
破损，复原后无限惊叹。

D34. 血迹

忽然有了时间
在街上闲逛
看树丛间的迷雾
看眼前的空荡

快过年了
都市收起的繁忙
一下子腾开了那么多空间
才装下今天的空闲

一排电瓶车
个个是怕冷的模样
花衣花被
裹紧了冻伤

世界果真这么怕冷吗
还是我们生疏了艰难
人间果真这么苦吗
还是我们见惯了哀叹

过年了
在要跨过去的时候
才知道活着的每一个日子
其实，都在淌血

2019 年 02 月 02 日

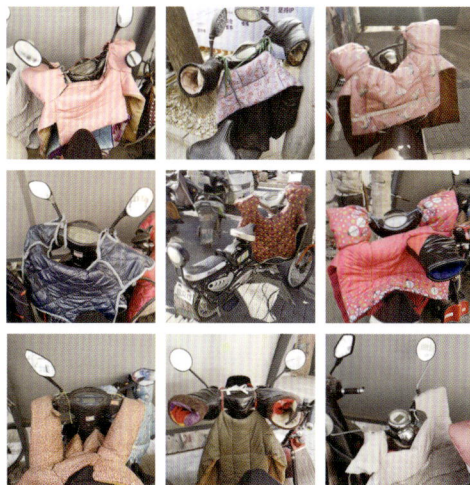

D35. 死亡是一种表演

黄昏

是城市的死亡

匆匆而行的人

不带面孔

不饰笑脸

竟也忘装了灵魂

拥堵

是城市的死亡

道路上砌满了车辆

红灯绿灯

左突右闯

竟也决定不了逆向

繁华

是城市的死亡

橱窗变成了理想

品牌标识了价值

橱窗之外的人生

竟显得落寞，荒凉

规则
是城市的死亡
行走，顺行白线
停留，覆盖探头
人活得肃穆
竟成设施的木偶

城市
是养育生命的地方
也是
消耗生命的地方
城市不仅表演着生命
也表演着死亡

2020 年 12 月 11 日

D36. 周末

周五的车流，向外
我们为什么这样急切地逃离
这样欢天喜地地逃离
这样在快乐中逃离
这样地逃离，阳光笼罩的都市

都市
是你的追逐还是你的忍耐
是你的风浪还是你的港湾
是你的欢喜还是你的郁闷
是你的阴云还是你的彩霞

周日的车流，向里
我们拉了一车的疲倦
我们是这样沉默
车里塞满了惆怅
和怅然中滑落的一丝无奈

都市
是你的地狱还是你的天堂
是你的目标还是你的坟场
是你的希望还是你的绝望
是你的归宿还是梦想惊醒的地方

车流似水

是一条不得不归的血染的河流

楼群如海

是一道甘心自投的灿烂的罗网

2020 年 12 月 15 日

D37. 《只有河南》工地

工地只是最简单的活计
搬砖，和灰，砌墙

工地只是最简单的辛劳
挖沟，搭梁，刷浆

工地只产生最简单的快乐
流汗，午餐，小憩

工地只创造最真实的满足
工资，小屋，老婆

在这些没有戏剧感的时间里
正上演着质朴戏剧

在这些最没有幻觉的眼神中
正一刀一刀地雕刻着自豪

我在工地里立正
真心地觉得，劳动好看

疲劳，渗着力量……
汗水，浸染斑斓……

2020 年 10 月 30 日

D38. 上海，上海

街灯打搅了暮霭
车流扰乱了晚歌
尾气污染了爆炒的油香
噪音淹没了妈妈催餐的叫喊

我们在匆忙中活着
离开或前往
我们为了让自己开心
用疲劳灌醉思想

上海，上海
当飞机腾空而起的时候
我不禁低头垂问
世界，你还好吗

2019 年 09 月 18 日

D39. 看画

我静静地端详画面上的素脸
心思彼此慢慢地拉开
眉间的丝丝淡雅
是藏在心底的欢颜

我静静地阅读脸上的微痕
飘来了人生唏嘘
凝聚在纸上的笔墨
是千家万户的提问

我静静地品味画上的色彩
蜿蜒的思绪爬进脑海
所谓的深邃和哲理
其实都是红黄粉淡

2019 年 12 月 24 日

写在"新工笔"撤展。

D40. 文化

文物是什么
文物是历史的碎片

文明是什么
文明是记录下的荣光

文人是什么
文人是人类的记录者

文化是什么
文化是对自身存在的反思

2017 年 05 月 25 日

　　故宫，阿富汗国家博物馆文物展"浴火重光"。感觉如果名为"浴火偷生"，更恰当。

D41. 温暖来源

你了解四月吗
那是北京
唯一的
飘着槐香的季节

风
可以从鼻尖划过
香
可以沁入心窝

这个世界上最幸福的事
是你微笑着看周边
而周边的一切
也正微笑看着你

温暖

来自阳光

温暖

也来自目光

2018 年 04 月 27 日

D42. 酒是灵魂的安静

酒是什么
是灵魂的清洁剂
摒除一切杂念
追求那份真实

酒是什么
是内心仅存的勇敢
无所畏惧
触摸世界的边际

酒是什么
是安静
在凝固的空间
只拥有自己

2019 年 06 月 01 日

D43. 真的幸福

云开了
阳光掉下来
洒一地辉煌
我们用眼睛扑上前去
好似贪婪

能够随地捡拾美好的人
真幸福

慢慢车流
载着粼粼的喜悦
微寒的空气中
温暖荡漾

能够随时捡拾美好的人
真幸福

我好想闭上警觉的眼睛
不是因为世界和平
我好想就此麻木
不是因为倦于争斗

能够甘于放弃，只去捡拾美好的人
真幸福

2020 年 09 月 29 日

D44. 永远的奔跑

我知道我知道
冰雪已经浸入你的蹄间
把寒冷变成生疼
你用不息的奔跑
完成着
我的传奇

我知道我知道
你要拼命地吃下
那些冻得坚硬的鱼块
因为饥饿和疲劳
从来不是
你止步的理由

我知道知道
你也有深夜的恐惧
你也渴望温暖的火光
你用沉默抗拒着冰寒
在最深的夜里
你也会对寒风发出低沉的吼叫

我知道我知道
我们只是一次相遇
和一次分离
因为我需要同行
你
需要信任需要奔跑

分别的时刻意外地平静
我为你除下温热的缰绳
套好了薄衫
你仿佛累了
第一次
在我的面前卧倒

我说不流泪不流泪
我一次一次地
揉你的脸……
我说不流泪不流泪
想在你耳边说"wu—hu—"
却哽在喉间

我知道我知道
奔跑就是你的宿命
因为分别的那一刻
你用头甩开了我的手
你的目光
固执地投向远方

我知道我知道
我们从此各自人生
我
属于嘈杂的都市
你
属于寂静的旷野

我知道我知道
此刻沉睡的机舱里
只有我醒着
停不下眼泪
我知道我知道
你会记得，我是谁

2017 年 03 月 15 日

我有五只狗，Barney, Yoshi, Jarvis, Zephy, 队长是 Drake。

Drake 很会抢吃的，它总是有气势地挡在最前面，第一个把我手中的食物叼走；Drake 喜欢把头扎在我衣服裤子里，使劲地抵；喜欢让我用双手捧着它的头，让我使劲揉它，它会闭上眼睛，让温情在那个时刻蔓延；Drake 是我的队长，在奔跑的路上，它总是闷着头跑，绝对不管旁边的 Barney 调皮捣乱地东拱一下，西扯一下。

Drake 每隔一段时间也会回头张望，看看我是否还在雪橇上，那关切目光，充满了温暖的忧伤。

我喜欢用我特有的一声拉长的鸣叫与我的队伍交流："wu—hu—，wu—hu—"

在小憩的时候，"wu—hu—"是感谢；在喂食的时候，"wu—hu—"是安慰；在发出口令的时候，"wu—hu—"是提醒注意；在它们实在爬不上山坡，回头发出求救的目光的时候，"wu—hu—"是命令；在终于冲上了山坡，它们重新步履轻快的时候，"wu—hu—"是赞赏。

D45. 在离开峨眉山的火车上

日出日落
皆是佛光照射
飞云轮回
人海缥缈

石阶坚韧
脚步稀碎
汗水
洞穿了时间

看不懂
是时间在旋转
还是
命驻苍天

每一个人
都在尽头张望
前世是云
来世是烟

我们是泥土捏成的生命
湮灭是必然的结局
我们是人海中的一粟
要学会处之淡然

我搭乘一列无座的列车

腰身酸楚

可是我的梦啊

你在飞，我在等

2019 年 08 月 27 日

D46. 雨之后

阴雨
垂落的细链
锁住心意的奔扬

空气
塞满了忧郁的沉甸
密实遮掩

光线
在心的缝隙里挣扎
欲言又止

鼻尖
排斥着发了霉的龌龊
探寻幽香

雨停歇
想象着彩霞
在云的端头舞蹈

雨后的路上
我踏着水花
于心不忍

2019 年 07 月 20 日

D47. 从此

即将离开阿尔金的那天
我慌乱了
我知道一个告别
就是一段思念

随手捡一块正在朽去的树根
装饰成我不老的记忆
从此
就在这枝叶间
无声地缠绕

2017 年 08 月 22 日

D48. 最后的寒风

你谋杀了
我的春天
我的夏天
我的秋天
和我的
对一切生长的
最热切的期待

你是寒风
我要用无奈诅咒你
也用对阳光的祈求
用压抑了整整一个冬天的冲动
挑战你

2019 年 03 月 12 日

D49. 人生，我们互为点缀

翠蓝的湖水旁
漫山的秋叶是点缀

红黄的秋叶旁
浮动的人群是点缀

兴奋的人群旁
沉默的我是点缀

在我快乐的心旁
阳光也仅仅，是点缀

2020 年 11 月 15 日

D50. 失眠的清晨

我想睡，真的想睡
清醒的思维抵不住头脑昏沉
喷嚏一个接一个恐吓自己
这是健康和疾病的临界点
认尿算不得心灵娇嫩

我想睡，真的想睡
前天想预防流感打了疫苗
估摸着是直接给种上了
最新鲜，最纯粹，最强悍的小崽子们
此刻，正在我的血液里叫嚣

我想睡，真的想睡
我不能再回答这个世界的任何的疑问
风来了，云正变得温顺
我的那些青春的烈马
此刻，正向遥远狂奔

我想睡，真的想睡
黎明已经晕厥，彩霞已经爽约
意志和身体搏斗，输得惨烈
我悄悄地打开隔离露水的窗户
此刻，许多许多的新鲜，还在等我领略

2020 年 10 月 06 日

D51. 年轻

您说：

"我放走了行云般的青春

我结束了疾风般的生活

……

青春，倘若你现在回到我的手中，

我将把你紧握手心，

像绸缎一样铺在身下。"

我敬仰您的长须白发

我钦佩您的睿智从容

我羡慕您的文思泉涌

可是我鄙视

您对岁月的贪婪

不是应该残阳漫卷了视野吗

不是应该青丝爬满了白发吗

不是应该谦逊地让出走向远方的道路吗

不是应该满怀了知恩和无悔吗

青春

是晚秋的黄昏讲述的

一个盛夏的早上的故事

是一次迷茫的

慌乱的
冲动的
和冒着汗气的
轻松的奔跑

如今
我和您一样地站在了路边
看路人无畏地超越
天边
早已布满了我们的晚霞
也是那些正在越过我们的人的
朝霞

我们不谈如果
因为没有如果

如果没有如果
我们
还需要像年轻人一样
需要张望吗

大师
您都这样聪明了
您，还真的需要那些漫无目的的
年轻吗

当然这并不影响我对您的敬意
我走了一千公里的路途
从库车过来寻找您的归宿
白墙绿树
思考不拒绝寂寞

您是源头
我是涓流

2021 年 06 月 28 日

　　敬拜玉素甫陵园，偶然读到大师的一句诗……

D52. 划过无痕

看大海无际
看天在远方
看归途其实也是新程
看我
在静止的光线中狂奔

相对于星球
我便是闪烁
相对于江河
我便是永恒
相对于狂风
我便是坚毅
相对于思想
我便是轮回

我在爱琴海的阳光中
无痕地划过

2017 年 10 月 06 日

D53. 无常

既然生命无常
那么
就让我们
互为盛宴

2017 年 06 月 27 日

在可可西里腹地的一处辫状水系，细流旁散乱着的被狼群袭击后的牦牛的残骨。

D54. 没有方向

时间的四个方向
从前
未来
现在
和寂寥

空间的四个方向
近处
远方
这里
和那里

秋天的四个方向
阳光
秋叶
寒风
和飘摇

人生的四个方向
生存
死亡
工作
和待着

今天，我的四个方向

行走

驻足

沉默

和遥想

2020 年 11 月 01 日

D55. 勇敢无过

你们，曾经是最嘹亮的军歌
你们，曾经年轻，生命来过
你们，曾经是脊梁，不接受恐吓
你们，曾经在祖国面前，没得选择

六十九年的和平
繁华吹散了硝烟
富裕让我们得到了很多
却恰恰淡忘了勇敢

上甘岭还在
讹诈从未走远
风和雨并肩齐来
勇敢渐成山脉

从来就是遭遇
从来就是被迫应战
从来就是拿生命换来尊重
我们，会像你们一样

那年，你们穿着单衣过河

那年，你们忍着饥饿冲锋

那年，你们迎着肆虐的炮火

那年，你们英勇地，覆没

2019 年 06 月 01 日

我是一个容易被历史感动的人，常常控制不住自己。

D56. 纳木措

碎石坚硬
浪成冰凌
人没有了骄傲
只听风的啸叫

一种残酷的极美
一种极美凝聚的庄严
一种庄严背后的诡异
一种诡异绽放的微笑

我坐在凝固的波涛之上
眺望世间冷暖
我设法匍匐下我的身躯
让心结成晶莹

纳木措
天无错
地无错
人亦无错

纳木措

天无惑

地无惑

只是人的疑惑

2018 年 05 月 23 日

　　到达纳木措湖时已过正午，没有游
人，只有凝固的冰雪，迎候着我。

D57. 在你走向远处的时候

我知道秋天落叶
阳光稀疏
捂不住最后的余温

踏在细碎的心上
脚步
也粘上了情调

难受的离别
让眼泪和阳光一起洒落
变得一杯冰水

我可以忍住心跳
但是忍不住心疼
这是怎样的仇恨
有人在远处欢笑

你说你要握住我的手
可是你的脚
却拉着你走向远处

我知道你没有错
所有的路都是用来远行的
错的只是我的难过

我抗拒不了你
我不能说
泪水只在你走了以后

2020 年 11 月 03 日

D58. 心佛

记得佛说
若以色见我
以声音求我
皆是人间邪行
不能见如来

我见：木佛已朽
我见：心佛永留
我见
该腐朽的腐朽
我见
该永生的永生

2018 年 07 月 02 日

日本，圆教寺，庙中陈列着修缮过程
中整理出的木质佛像。

D59. 生命的勇敢

呼和吸的过程
取得和失去的过程
爱和恨的过程
从 B（Birth）到达 D（Death）的过程

这些，就是生命的全部过程

舒适过吗
快乐过吗
满足过吗
感恩过吗

这些，就是生命的质量

平静地等待最后时刻的到来
平静地看亲爱的人们走开
平静地看阳光落而复升
我要选择清晨，在那个清晨……去远方

这些，就是生命的勇敢

2018 年 07 月 12 日

D60. 春天是一盏茶

春天
是阳光的暖流
贴在肌肤上的温存

春天
是和风的轻扰
搅动了内心的浮躁

春天
是街头的车流
再也拦不住行人的脚步

春天
是远方的爱人
投过来的至亲的思念

我渴望春天的阳光
把温度存进肌肤里
我渴望春天的和风
把心吹得年轻
我渴望远方有至亲的思念
让期待变得可以等待
我渴望车流人海中
我不再是那个孤独的行人

春天

是一段忙碌后的闲暇

也是一盏茶

2019 年 02 月 28 日

D61. 坑

记得鲁迅先生说过
世上本无路
走的人多了
就踩出路了

我说
人间本不平坦
掉到坑里的人多了
就变得平坦了

2019 年 07 月 12 日

D62. 如果，踏进生活

如果踏进冰窟窿
只有一瞬间的恐慌，和
一瞬间的刺痛
然后是割骨的清醒，和
透彻的舒适

如果踏进糟糕的情绪
只有一时的愤怒，和
自怨般的懊悔
然后是割骨般的清醒，和
躺倒的放任

如果踏进纷乱的生活
只有一时的快感，和
一世的忍耐
然后是割骨般的清醒，和
无助的滑坠

其实离开生命的旅途
并不黑暗
一路
自由翱翔

其实离开理性的日子
并不艰难
一路
是麻木的痛楚

其实踏进红尘之后
并无快感
一路
是迷醉的蹒跚

我们，就是这样扛天扛地
却扛不起我们自己
我们，就是这样怨天怨地
却在内心里放任自己

人
好孱弱
习惯了放任懦弱
把眼泪当作原谅

人
好孤单
习惯了放任情绪
把淋透当作顽强

人

好渺小

习惯了把历史当作伟大

把偶然当成幸运

人

好可爱

习惯了迎着风说

我没错，我不悔

2020 年 12 月 19 日

D63. 人间最短的河

按照叶辛的说法
人间最短的河流在梵净山
一个叫"云舍"的村庄
一条叫"神龙"的河流
一条长七百至八百米
在一片石缝里消失的水径

其实我最不懂的就是河流
我不懂得蜿蜒扭转
我不懂得碧波粼粼
我不懂得清澈见底
我也不懂得宽广长短

但是从心里说

其实我最喜欢的就是河流
我喜欢它的经历
我喜欢它的急缓
我喜欢它的柔顺
我也喜欢它的深邃和不屈就

流淌是过程
柔顺是承载
流过是成果
远方是你的不在

我走在这条人间最短的河上
它短暂得不足千米
却真实地流淌了万年

我喜欢这条人间最短的河流
我只走了一个来回
却仿佛走过了余生

河水试图打湿那些必然湿润的裤脚
空气中有草的清新和世间的腐败
多长的河流算长
多短的人生算短
我已不想
遥望河的尽头

2020 年 11 月 21 日

D64. 江山日下

夕阳曲径
树影繁星
洪荒漫卷
淡忘了曾经的年轻

琴声悠扬
细目柔肠
多少过往
都写在了书的纸上

那个血往上涌的
不是曾经深情的我们吗
那个坦荡正义的
不是曾经直白的我们吗

那个义无反顾的
不是曾经勇敢的我们吗
那个见不得卑鄙谄媚的
不是曾经纯洁的我们吗

好了好了
看多了，人就老了
人老了
深情会磨灭
正义会歪斜
勇敢会胆怯

纯洁会发霉
人老了
就不再是自己了

今夜除了扯淡
净是闲事
管你家门中
绿帽之下是否红装

2020 年 05 月 07 日

D65. 菩提树下的领悟

我在佛祖的故乡拜佛
满脸是阳光和幸福
菩提树撑起了信仰的天空
分不清是神圣，还是垂暮

我在佛祖的故乡看佛
满目是清野和荒芜
尘土遮蔽了路边的草屋
希望在远方的时候，已经干枯

我在佛祖的故乡念佛
满腹的虔诚渐成疑惑
是贫穷阻隔了梦想
还是轮回，迷失了路途

我在佛祖的故乡说佛
满心的清静装不下清苦
也许穷困能够衬托出灵魂的伟大
但是生活怎能，无趣地熬度

2018 年 07 月 24 日

D66. 衰老的过程之一

人过五十
知觉迟滞
心力渐衰
梦未开始

竟然
看不清前方了
竟然
看不惯身旁了
竟然
看不懂柔情了
竟然
看不了虚伪了

浑然不知者
不是悟性差
而是
该配副老花镜了

2018 年 03 月 06 日

D67. 我的快乐

我的快乐

正藏在干枯的树叶里

我的快乐

正坐在新生的寒冷旁

我的快乐

正细听着阳光的温暖

我的快乐正伴着风

追赶那些年轻的匆忙

2018 年 12 月 13 日

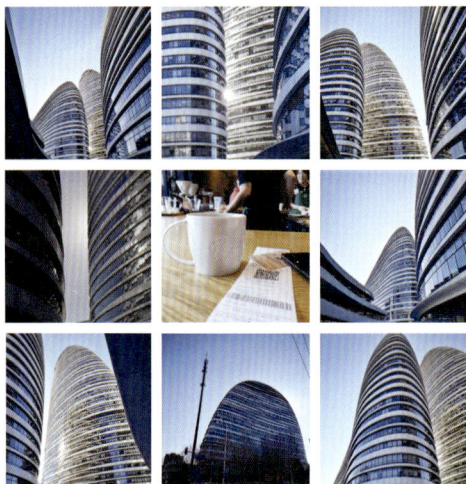

D68. 死亡是出生前的歇息

死亡是一次远行
开阔的路上
白昼如镜
无沙石飞尘
无枝蔓树影
无迎面而来
也无向后掠去
只是飞奔
向着遥远虚空的一次纯粹的飞奔

死亡这样热烈地张开双臂
迅猛坚定
它微笑着羞涩着
它诡异着诚恳着
它摊开了手
指尖泄露出银灰色的光
把密实的空间剥开
是另一个维度的透彻

所有的人都在终点聚齐了
有熟悉的陌生人
也有陌生的熟人
陌生的人和你熟络地打着招呼
熟悉的人却和你陌生地对望
然后，来时的路封闭了
无氧的空气愈发平静

然后，我在人们的目光里破碎
碎成了红黄绿蓝

彩色飞扬
被天空收走
还一个晶莹空白的我
不再温暖
也无惧寒冷
不再牵挂
也无比坦荡
不再有形
也无限自由
不再有想法
也无虑无忧

虚空的液体
润滑得舒服
瘫软了翅膀
懒于飞翔

人像鱼般翻滚
学会圆润
便不再需要力量
学会沉溺
便不再需要思想
学会吞吐

便不再需要起舞
学会观望
便不再需要远方

这便开始了
真正的死亡

死亡是一直的状态
是舒适的寂静
是对存在的超越
是等待出生前的歇息

2020 年 12 月 09 日

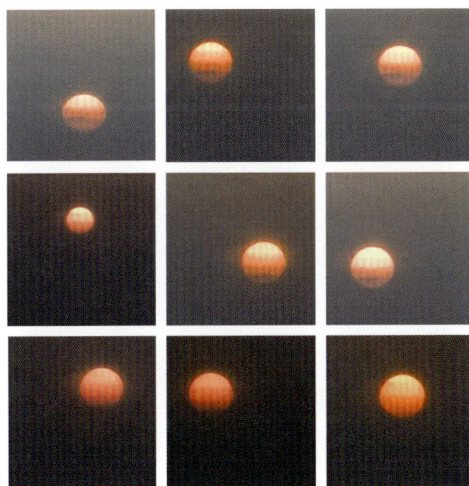

D69. 2020 年的春季

今年的春天
飘了一季的哀怨
天空没有彩虹
地上写满"禁足"

多少脆弱在慌乱中生长
楼宇间渗出一缕残阳
晚安，已不是最美的问候
醒来，才是基本的向往

时间总在说谎
双亲衰老得让人难过
一不小心
也看到自己正走在相同的路上

世界怎样
其实，无所谓怎样
世界精彩
其实，活着就是精彩

咖啡，越喝越浓
对滋味有了深彻的感受
呼吸也许就是生命的全部
也许，只是空气的一次流动

命运牵着岁月的手
人人都要硬挺着走到最后
有些话说不出口
生命只在美好的时候，才是值得

你把我养大
我等你变老
你放开了我的手
把我，交给了"以后"

今年的春天
攒了一季的哀怨
心中，没有彩虹
眼前，写满"禁足"

2020 年 05 月 14 日

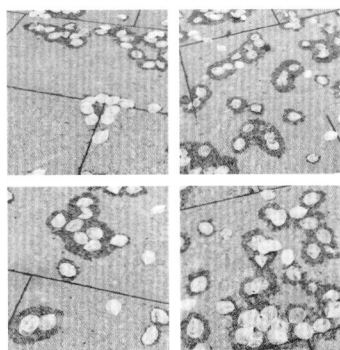

D70. 停在停止上

我停下来了
停在黄昏

远山孤阳
青烟悄上
牧笛牵着灵魂
踏上了最后的感伤

我停下来了
鞋上布满灰尘

心累了
找一个清纯的小镇
勇气散尽
星稀，月沉

我停下来了
停在满眼的远方

荒漠简洁
心宽地广
行囊顺着臂膀
滑落在路旁

我停下来了
停在了另一种自我

不玩世
也不恭维
不放浪
也不解脱

2021 年 11 月 20 日

D71. 看……

看晨曦初现
看日子迷离
看风在轻吹
看神色低垂

看云的匆忙
看人的憔悴
看步履纷乱
看心海浮荡

看生的乏味
看命的挣扎
看幸福远去
看坠落如常

2018 年 05 月 03 日

D72. 归时年轻

在利益面前
人们总是选择遗忘
在历史面前
时间却悄悄铭记

那些忠诚和勇敢
呼喊飘散
归来时
我愿他们依然年轻

2018 年 03 月 28 日

新闻中，再次看到韩国交还我志愿军
烈士遗骨。

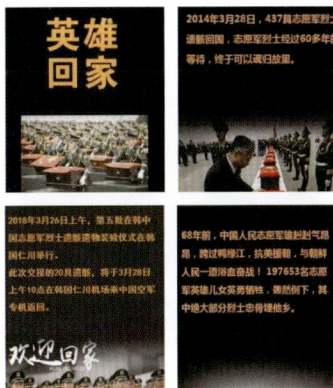

D73. 选择平庸

仰起脸
迎面的不是风而是天
俯下头
脚下的不是地而是哭泣

翻开册册书籍
里面的不是历史而是故事
眺望远方
难以克服的不是路途
而是虚空

村口的大树
茁壮得都开裂了
树旁的小屋
晒得都困倦了
小屋边的巷子
寂寞得都发霉了
巷子两边我读不懂的陈砖旧瓦
筋骨都松脆了

一些人走出去了
被自己的理想放逐
一些人留下来了
只能注定平庸

对于走出的人而言
记忆是恬静的优美
对于留下的人而言
记忆是热闹的喧嚣

所有的空间都不是问题
所有的时间都不可逾越
所有的记忆都是柔软的美好
所有的现实都是坚硬的无情

2021 年 10 月 29 日

D74. 好好活着

黑夜

淹没了晚霞

烈酒

染红了面颊

记忆在天空舞蹈

湖水清凉

载着波光

老友

轻醉微酣

目光

飘逸至窗外

我们端详着每一个过往

面前小菜

五味杂陈

一身尘埃

涂抹了心境

鼻腔酸楚

忘记了应该的坚强

是我们误入了世界

还是世界

囚禁了我们

曾经不在乎色彩

如今习惯了黑白

时间行进

冲向未来

面对星空荒凉

我们

要好好活着

2022 年 02 月 19 日

D75. 衰老是一次可耻的失败

肚子向前了
发鬓向后了
眼角下垂了
皮肤干皱了
这是衰老了吗

喜欢锻炼了
喜欢回忆了
喜欢看书了
喜欢独处了
这是衰老了吗

吃的在意了
衣着随便了
待人谦逊了
待己豁达了
这是衰老了吗

那么好吧
衰老
是我最明显的成长
衰老
也是我最可耻的失败

2020 年 09 月 07 日